3

八男？別鬧了！

Y.A

Kadokawa Fantastic Novels

彩頁、內文插圖／藤ちょこ

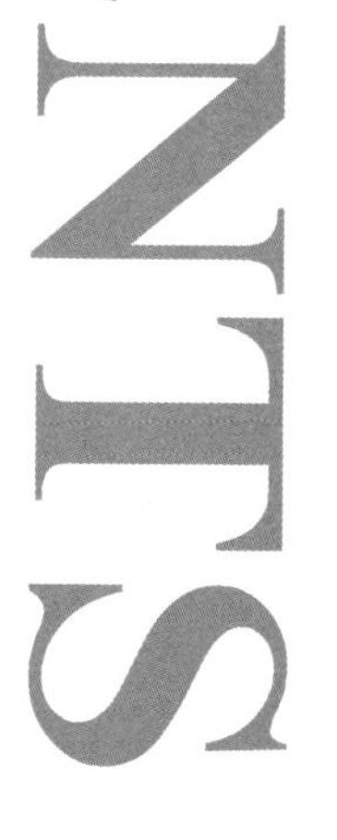

八男？別鬧了！③

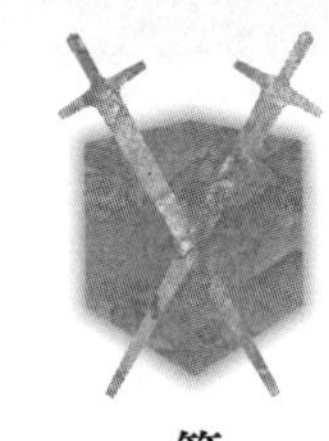

第一話　可疑的房屋仲介

「房子嗎？」

「嗯——再拖下去真的不太好……」

自從開始在王都生活，已經過了約一年的時間。

在搬到布雷希洛德藩侯借我們的那棟對四個人住來說算很大的房子後，我就和露易絲一起接受阿姆斯壯導師的地獄特訓。

如果只和導師特訓，會讓人搞不懂到底是在做魔法還是武術的訓練，因此我還會另外請布蘭塔克先生指導魔法。

不對，真要說起來，按照常理，本來就是該由布蘭塔克先生幫我進行魔法特訓。

拜此之賜，他變得經常留在王都照顧我。

若有事要回布雷希柏格，只要利用我的「瞬間移動」魔法就行了。

他本人反而因為放假時能和艾戴里歐先生一起去酒店，而顯得非常高興。

艾爾固定去王宮接受瓦倫先生的劍術指導，伊娜也透過瓦倫先生的介紹，在知名騎士底下接受槍術的特訓。

只要一回到家，艾莉絲就會做好料理等著我，休息的日子，我們會一起出門約會。

不過如果只和艾莉絲出去，會造成其他人的不滿，因此我也會輪流和伊娜與露易絲約會。除此之外，我和露易絲在結束與導師的特訓疲憊地回家時，也會一起去買點心和購物，或是跟伊娜會合後一起去書店，以及逛街看看衣服或飾品之類的東西。

我覺得自己有正常度過十三歲的青春。

也就是所謂的現充（註：指現實生活過得非常充實的人）。

至於前世是否也有過類似的經歷，那還是不說為妙。

總之我想說的是，如前所述，那個家幾乎只有用來睡覺，因此應該也沒必要住到那麼大的房子。真要說的話，我甚至覺得自己在成年前都不需要房子。

然而盧德格爾先生似乎不這麼認為。

「威德林大人雖然只是名譽貴族，依然是位男爵。問題在於身為男爵，卻長期借住在別人家這點。」

「是這樣嗎？」

「正是如此。」

基於長輩的忠告，我開始尋找與男爵身分相符的房子。

再來就是僱用能幫忙管理房子的傭人。

雖然幸好不用擔心資金這個最大的問題，不過坦白講，增加多餘的工作只讓我覺得麻煩。

「我完全不認識房屋仲介。艾爾呢？」

「你覺得我會認識嗎？」

「只是保險起見問一下。」

「那你問錯人了。」

原本立場與我相同的艾爾，當然不可能認識房屋仲介。

「關於管理房子的傭人，就算事後再找也沒關係。」

晚餐後，我在客廳和大家討論買房子的事情，艾莉絲一面泡餐後的茶，一面加入話題。

她是我的未婚妻，所以我原本就打算帶她一起去挑房子。

至少在我們這些人當中，她應該是對貴族的房子最熟悉的人。

「如果是威德林大人要買房，恐怕會很難買到新房子，只能買中古屋。」

「買不到新蓋的房子嗎？」

「因為沒有蓋新房子的土地。」

艾莉絲如此回答露易絲的問題。

在王國長期的統治下，貴族的數量不斷增加。

雖然在建造現在的王都時，有保留一塊寬廣的貴族住宅區，但在這幾十年裡，空間似乎逐漸變得不足。

「一般而言，男爵算勉強能在上級貴族區買房子。」

埃里希哥哥繼承的布朗特家，位於主要由準男爵和騎士爵居住的下級貴族區。

另一方面，布雷希洛德藩侯在王都的房子當然是座落於上級貴族區。即使同為貴族，居住的地方依然確實有所區隔。

「不過不是沒有土地嗎？」

「雖然沒有土地，但有房子。」

據說有些貴族會因為沒落或財務變得拮据而搬到靠近下級貴族區的小房子，反過來講，也有人因為發跡而搬到靠近王城的大房子。

這方面的盛衰榮枯，似乎是常有的事情。

不曉得是不是因為如此，每隔一段期間，就會有多餘的房子透過房屋仲介買賣。

「所以要先找間適當的二手屋，等改建到能住後再請人囉？」

「沒錯。雖然有在買賣，但很多房子都被閒置過好幾年，需要重新裝潢和打掃。」

「真令人困擾。我沒有認識的房屋仲介。艾莉絲，可以拜託霍恩海姆樞機主教幫忙嗎？」

「好的，我會負責轉達。」

如果是那位霍恩海姆樞機主教推薦的房屋仲介，應該不會占我的便宜。

抱著這樣的想法，我請艾莉絲幫忙處理這件事，然而結果卻因此認識了一位遠遠超出預期、不得了的房屋仲介。

＊　＊　＊

「幸會，我是里涅海姆不動產的奧加斯．里涅海姆是也。」

「我是鮑麥斯特男爵。」

「您就是屠龍英雄大人吧。霍恩海姆樞機主教特別交代我，一定要介紹好房子給您是也。」

「請多指教（看起來好可疑……）。」

假日的早晨，我迎接來家裡拜訪的房屋仲介。

里涅海姆不動產似乎是王都首屈一指的房屋仲介商，並且以仲介貴族的土地與房產為主要業務。

此外，由於蓋新教會時需要事先準備好土地，他也因此認識了霍恩海姆樞機主教。

「（看起來真可疑……）」

「（看起來好可疑……）」

「（有夠可疑的！）」

三人悄聲吐露的感想，恰巧與我心裡的意見一致。

關於里涅海姆不動產的老闆奧加斯．里涅海姆先生的穿著，他戴著特別訂製的金框眼鏡，身穿閃亮的紅色西裝搭配銀色的蝴蝶結領帶，在我的前世，這是典型詐騙公司老闆的打扮。

「（艾莉絲。）」

「（那個……雖然外表看起來這樣，但他還是有一定的實績……）」

艾莉絲拚命替這個打扮怪異的人說話。

這讓我重新體認到，她果然是個溫柔的女孩。

「首先是這棟房子。」

在可疑的里涅海姆先生的帶領下，我們五人來到第一棟房子，但這裡給人的第一印象怎麼看都很糟糕。

姑且不論房屋大小和房間配置，整棟房子都散發出類似黑霧的不祥氣息。

「這明顯是個瑕疵屋……」

「是的！雖然這棟房子之前是由一位伯爵所有，但他似乎因為個性太差，最後被家臣殘忍地殺掉了。」

「突然就來個這麼糟糕的背景……」

在那之後，被砍死的伯爵不僅化為幽靈再度現身，還聚集了周圍的浮游靈占據房屋。

他似乎成了例外在領域外出沒的不死族——幽魂的老大。

「為什麼不淨化他？」

「因為價錢太貴了。」

那位被家臣殺害的伯爵似乎不僅個性差，就連經濟觀念都很糟糕。

為了償還因為他的揮霍無度而累積的欠債，伯爵的家人打算在他死後賣掉這棟房子，然而只要買家一來看房子，變成幽魂的伯爵就會現身妨礙，最後就再也沒人想買了。

畢竟買家想要的是房子不是幽魂，所以這也是理所當然。

「如果要委託能使用『淨化』的魔法師，最少也要花費三十萬分。」

雖然要視淨化的不死族數量與強度而定，但行情價差不多是這樣。

以淨化在這棟鬼屋裡率領惡靈小嘍囉的幽魂來說，這個價格絕對不算高。

「在威脅那些買家的期間，伯爵的幽魂變得愈來愈凶暴。周圍的惡靈也逐漸跟隨他，使其變成更加棘手的存在。」

「現在甚至有可能危害他人的性命嗎？」

「是的。」

「喂喂喂，這樣沒問題嗎……」

艾爾擔心地看向房屋，目前圍牆那裡被施加了封印，所以應該不用擔心惡靈會跑到外面。

仔細一看，封印的符咒上畫著教會的標誌，似乎是由教會所設。

「為什麼不乾脆處理到最後……」

「教會嗎？那有點困難。」

儘管不收費，但仍會被要求進行相同金額的捐獻，到頭來如果沒錢，還是無法請人淨化。

而且只要一看艾莉絲就知道，教會的高階聖魔法師們都非常忙碌。

他們的魔力多半都用在治療來教會求助的病人或傷患身上。

既然為了評價和名聲而率先接受窮人的委託，如果沒有一定程度的捐款，應該無法改變這個優先順位。

看來身為這棟房子屋主的伯爵家並沒有獲得優先處理。

「拜封印所賜，這裡對外界無害，事到如今就算加以淨化，也無法為教會帶來好評。」

從那位伯爵的名聲來看，的確就算淨化他也無法獲得世間的讚揚。

不對，要是反過來消滅他，或許出手的魔法師本人的評價會上升？

「結果教會也是以利益為最優先的考量。」

「而且這個伯爵的幽魂似乎相當頑固，之前還曾經擊敗過教會的聖魔法師。」

「所以才又變得更強……」

「正確答案！不愧是聖女大人。」

正如艾莉絲所說，一旦淨化惡靈失敗，惡靈就會像戰勝抗生素的病毒一樣獲得耐性並變得更強。

輕率的「淨化」，有可能反而讓狀況更加惡化。

「雖然失敗過一次，但因為教會不想讓這件事流傳出去，所以暫且施加封印後就放著不管了，是這樣嗎？」

「完全正確！不愧是鮑麥斯特男爵大人。」

「呃，就算你這麼誇獎我……」

話說這位里涅海姆先生為什麼要推薦這種房子給我？

「那麼，關鍵的伯爵家的那些人後來怎麼了？」

露易絲質問想賣房子的伯爵家的現狀。

「因為無計可施，所以只能低調地生活。」

貴族很少因為欠債而被剝奪爵位或領地。

然而家道中落也是事實，那些人只能暫時擱置土地和房子，勉強搬到位於上級貴族區的小房子生活。

「這也太沒效率了。那位伯爵的家人們是笨蛋嗎？就算必須借錢也該請人淨化吧，反正之後再把房子賣掉就好了。」

「您說得沒錯。不過他們欠的錢實在太多，根本就沒人願意借他們錢。」

而且連教會都失敗過一次，即使淨化也不能保證一定成功。

不只如此，就算失敗也無法拿回訂金這點，才是真正讓他們猶豫的理由。

「雖然貴族就算債臺高築也暫時生活得下去，但商人只要資金周轉一出問題，馬上就會破產。所以當然會很慎重。」

這麼說也有道理。

應該不會有商人敢把錢借給前任當家欠了一大筆債的伯爵家的人吧？

借錢的貴族身分較高，誰知道對方事後會不會賴帳。

當然只要提告就能把錢討回來，不過若對手是貴族，事情就會變得非常麻煩。別說是賺利息了，考慮到訴訟耗費的工夫和費用，只會讓人大虧一筆。最後會做出別借錢給沒用貴族的結論，也是理所當然的。

即使被那樣的貴族拜託，也要在不招怨恨的情況下巧妙拒絕。

若想爬到像宮廷商人那樣的等級，這種能力是不可或缺的。

之前艾戴里歐先生曾經這麼說過。

「既然有封印，那就算想確認房子內部的狀況也沒辦法吧。」

「目前的推定價額，是至少值一千萬分是也。」

「房子本身氣派，占地也寬廣。」

不過這棟房子的屋頂，已經變成被幽魂聚集而來的亡靈們的集會所了。

因為被封印而無法外出的他們，在屋頂上應該閒得發慌吧。

雖然這幅詭異的光景看起來有點好笑，但實際上再也沒什麼比這更麻煩的事情了。

幽靈在這個世界並不稀奇。因為連前世完全沒有靈能力的我都能夠經常看見，所以這點可以確定。

他們非常礙事，有辦法除靈的魔法師和聖職者也因此受到重用。

「可是啊。如果要給名譽男爵住，這房子會不會太氣派了點？」

艾爾的擔憂是正確的。

即使是屠龍英雄的家，若男爵住的房子太過豪華，仍會惹人非議。

雖然我也覺得那些傢伙吃飽太閒，但其實在意這種事情的貴族還不少。

「那麼，去看其他房子吧。」

「欸——難得有這個機會，請您務必進去看看。」

里涅海姆先生不知為何，堅持要我進去看房子。

「你是想趁機叫我幫忙淨化吧。我才不會中計。」

「果然不行嗎？」

真不曉得他是認真還是在開玩笑。

這個人該不會以為我會免費幫忙淨化房子吧？

里涅海姆先生沮喪地垂下肩膀。

「那麼，我願意按照行情出三十萬分。」

但馬上又重新振作起來。

「換委託工作啊！等等，我還只是個實習冒險者喔。」

「不過我聽霍恩海姆樞機主教說，鮑麥斯特男爵大人是教會的名譽神父是也。」

「我第一次聽說……」

在這種情況下，由於我兼職的地方是教會，因此冒險者公會也沒辦法說什麼。

話說就算是在冒險者中，也有隊伍會讓能使用「治癒」或「淨化」的神官加入。

只是魔法師的數量本來就不多，所以這樣的人非常稀少。

此外似乎只要接受過正規洗禮，就會被視為名譽神父。

由於只是名譽職，因此接受過正規洗禮的王公貴族和大商人，完全不用負擔身為神父的義務，就算想命令他們也沒辦法，所以一般而言，就連教會也不會拜託他們。

無緣無故被人委託幫忙淨化的我，只覺得莫名其妙。

「可是我沒用過『區域淨化』。」

我至今用過的聖魔法，就只有讓師傅成佛的光線魔法，和討伐古代龍時的放出魔法而已。

在特定區域內發揮效果的淨化魔法，對我來說是未知的領域。

「如果是這樣，只要請聖女大人教您就行了。」

然而，這位里涅海姆先生不管遇到什麼問題都能迅速回答。

一定是事先就和霍恩海姆樞機主教套好了吧。

帶我參觀有問題的房子，再讓我淨化那裡，就能讓某人有利可圖，即使大概是這樣的狀況，我仍決定先試著配合一次。

畢竟這也能當成練習。

「這麼說也有道理。」

「不！那怎麼行！」

然而意外的是，艾莉絲語氣嚴厲地拒絕教我區域淨化魔法。

「只稍微練習一下，就立刻正式上場實在太危險了！而且爺爺也真是的！我們明明只是請他幫忙介紹房子，為什麼威德林大人非得幫忙淨化被惡靈占據的房屋呢！」

「聖女大人？」

這是我第一次看見艾莉絲這麼激動。

艾莉絲生氣的樣子，令人完全無法將她與霍恩海姆家的聖女這個名號聯想在一起，就連可疑的里涅海姆先生都嚇了一跳。

「雖然威德林大人是擁有驚人魔力的魔法師，但這並不表示他什麼事都能立刻做到完美無缺。特別是這種淨化，必須先和有經驗的人實習一段期間才能進行，這可是常識啊。」

「聖女大人……」

即使擁有魔力，或是能使用強力的魔法。

由於對手和普通的魔物不同，是沒有實體的不死族，因此還是有被附身的危險，艾莉絲難得以嚴厲的語氣加以說明。

「可是聖女大人，這件事已經獲得霍恩海姆樞機主教的許可……」

「為什麼爺爺會允許這種事……」

「因為以目前的房市狀況，想買房子就只能花大錢和動用關係淨化瑕疵屋，或是以超出行情好幾倍的價格請其他貴族轉讓。」

按照里涅海姆先生的說明，現在似乎很難買到普通的房子。

「威德林大人在找房子的事情已經傳開了嗎？」

「是的，消息靈通的人都已經知道了。」

「請問，這是什麼意思？」

不太了解狀況的伊娜，向艾莉絲問道。

「簡單來講，就是有人想將房子賣給獲得大筆財富的威德林大人賺取暴利，或是按照正常行情賣給威德林大人，但條件是必須連賣家的女兒一起收下。」

「貴族這種東西還真是麻煩……」

像是覺得「明明只是買個房子」般，露易絲露出厭煩的表情。

「我了解狀況了。既然如此，為了威德林大人，這裡就由我來負責淨化吧！」

艾莉絲似乎突然鼓起了幹勁。

「那我也來幫忙吧。這是學習淨化魔法的好機會。艾莉絲老師，拜託妳了。」

「由我來當老師嗎？」

「雖然我周圍很多人都會逼我亂來，但會替我擔心的人並不多。所以我很高興艾莉絲願意認真替我生氣。艾莉絲既溫柔又可靠，很適合當老師呢。」

「好的！我們一起加油吧！」

「能達成共識，真是太好了。」

姑且不論幹勁十足的艾莉絲，似乎早就預見這個情況的里涅海姆先生一開口，就讓我有點不高興。

這種時候還是表現得強硬一點比較好。

「所以說，只要幫忙淨化，找房子就會變得較為簡單吧。」

「正是如此。」

里涅海姆先生畢恭畢敬地回答。

「原來如此。想必霍恩海姆樞機主教是這麼說的吧：『幫鮑麥斯特男爵介紹一棟符合他身分的房子。雖然可以順便請他幫忙淨化你負責仲介或低價買進的瑕疵屋，但要給他的房子就不用收錢了吧？』」

其實我不知道霍恩海姆樞機主教是不是真的有這麼說，不過既然是談生意，那一開始就要表現得強硬一點。里涅海姆先生的真意感覺也很可疑，所以這點程度的試探應該算還好。

「那個，我們只有約定會打折……」

「這樣啊。艾莉絲，聽說只要淨化幾個地方，就能免費獲得房子呢。」

雖然里涅海姆先生好像想說什麼，但我刻意打斷他，直接告訴艾莉絲能免費獲得房子。

「哎呀，那我這個做妻子的算是有幫到忙囉。再來只要教威德林大人正確的『區域淨化』，就是一石二鳥了。」

艾莉絲在聽見能免費獲得房子後，也表現得非常高興。她應該知道不可能真的免費，只是在協助我進行交涉。

「那個，頂多給折扣……」

「我就算現在回去也無所謂喔？不如去拜託布雷希洛德藩侯認識的房屋仲介好了？」

「拜託您千萬別這麼做！我願意……免費提供房子給您。」

要是真的這麼做，霍恩海姆樞機主教應該會對里涅海姆先生大發雷霆吧。

他坦率地答應免費提供房子給我們。

「順便問一下，男爵住的房子行情價是多少？」

不過在他的腦中，應該正在計算讓我淨化哪些房地產最有賺頭吧。

「平均大約是四百萬分。」

「那就幫你淨化四間吧。」

「這也太不講理……」

講是這樣講，但這棟伯爵的房子似乎是優先淨化的目標。

等這裡變成普通房屋賣掉後，里涅海姆先生一定會大賺一筆吧。

「艾莉絲，我也來幫忙。」

「那麼，首先要使用『聖障壁』的魔法……」

這個叫「聖障壁」的魔法，好像是淨化不死族或惡靈時必備的魔法。

「可是我在和不死族的古代龍戰鬥時，沒有使用這種魔法……」

即使只使用普通的「魔法障壁」，也能勉強撐得過去，布蘭塔克先生也沒教過我這招。

「沒關係。之後再學就好了。」

既然艾莉絲都這麼說了，我決定別想太多。

「關於『聖障壁』這個魔法……」

按照艾莉絲老師的說法，只要用聖屬性的魔力壁包圍自己，就能在詠唱「區域淨化」時抵禦不死族的攻擊。

和普通的「魔法障壁」不同的是，由於對手是不死族，因此比起物理防禦力，這項魔法更著重於魔法防禦力。

「因為剛成為不死族的惡靈或幽魂，其實是沒有實體的殘留意志和魔力的結合體，所以就算是看起來像物理攻擊的招式，實際上也和被凝聚的魔力毆打是一樣的。」

因此最後的結論就是，以「聖障壁」防禦那樣的攻擊會非常有效。

「威德林大人，請您展開『聖障壁』。我來負責詠唱『區域淨化』。」

我和艾莉絲一同走進有問題的伯爵宅第。

張設在這裡的結界，基本上只能用來阻擋靈體外出，因此人類可以自由出入。

只是惡靈們對入侵者的氣息非常敏感。

他們馬上就發現我們，以身體對我們發動攻擊。

「去死！」

「這都要怪欠債不好——！」

「然居著帶部胸麼那的大人女！殺了他！」（註：調換順序後就會變成「居然帶著胸部那麼大的女人」。）

不曉得基於生前還是現在的心情，惡靈們發自本能地大喊，持續發動攻擊。

不過那些攻擊，全都被我展開的「聖障壁」擋了下來。

「聖障壁」的使用方法和普通的「魔法障壁」沒什麼太大的差異，因此我輕易就學會了。

「單獨進行淨化，會很危險嗎……」

「是的，不過如果是能同時施展複數魔法的人，就不會有問題。」

「啊，我可以一次施放三種。」

「真厲害。那個，我要使用『區域淨化』了。」

艾莉絲開始在我展開的聖障壁中祈禱，接著她的身體逐漸被白色的光芒籠罩。

過了十幾秒後，那道光芒便擴展到完全覆蓋結界內的房屋與周圍的土地。

艾莉絲施展聖淨化魔法，將效果限制在房屋周圍。

「呼啊……」

往前一看，原本朝我們逼近，打算攻擊我們的那隻像豬的敵人老大……不對，前伯爵的幽魂，在沐浴到淨化之光後變得一臉陶醉。

「好舒服啊……」

「感覺好像要直接升天了……」

「身體，逐漸變輕了——」

跟隨前伯爵幽魂的惡靈們，也開始在艾莉絲的淨化魔法影響下，露出恍惚的表情。

「對其他的惡靈也有效啊……」

「是的。無論是多麼不潔的魔物，原本依然是人類。我只是協助他們用自己的力量昇華到神的世界。我認為這才是所謂的淨化。」

艾莉絲的淨化，似乎是能讓惡靈們舒服地升天的魔法。

唉，如果是這麼可愛的女孩子施展的淨化魔法，那隻豬……不對，前伯爵應該也能舒服地上天國吧。

雖然那傢伙可能是去地獄……

「艾莉絲真厲害。」

除了治癒魔法以外，還會能一口氣就讓那些棘手的惡靈升天的淨化魔法。

原來如此，難怪艾莉絲會被稱做霍恩海姆家的聖女。

「那麼，下次就換我吧。」

「下一間，是某位知名前侯爵的房子……」

考慮到魔力量的問題，剩下三間全都由我負責淨化。

既然已經看過這麼值得參考的示範，想必一定能順利進行吧。

為了以防萬一，我請艾莉絲幫忙展開「聖障壁」，接著我們兩人一同進入前侯爵的宅第。

儘管和之前一樣遭到許多惡靈襲擊，但那些攻擊全都被艾莉絲的「聖障壁」擋了下來，之後我立刻施展「區域淨化」。

「這光會不會太強了？」

「好刺眼。威爾，你有好好調整魔力量嗎？」

外面傳來艾爾和伊娜抱怨的聲音，但我不記得自己有灌注那麼多魔力。

而且這總比威力太弱，替惡靈增添耐性要好。

實際上，惡靈們也的確因為我的淨化魔法痛苦掙扎。

「不要！我不想下地獄！」

「身體，逐漸消失了！」

「救命啊！」

「咦？真奇怪？」

以前讓師傅成佛時，師傅明明有誇我的聖魔法很舒服，為什麼這些惡靈會邊掙扎邊痛苦地消失呢？

「艾莉絲，這是怎麼回事？」

「那個……應該是威德林大人的『區域淨化』威力太強……」

「應該不會構成問題吧？」

「是的，確實是比威力太弱要好……」

按照艾莉絲的說明，師傅成了死語者後，對魔法的抵抗力又變更強了。所以在承受我全力施展的聖淨化魔法時，才會在覺得舒服的情況下成佛。

舉例來說，這就和即使用鐵鎚敲打阿姆斯壯導師僵硬的肩膀，他也只會說「很舒服」是一樣的。

「威德林大人的師傅，真的如同傳聞是位相當優秀的魔法師呢。」

正因為如此，即使承受我強力的淨化魔法，他依然能舒適地成佛。

反過來說，對惡靈們而言，這就像是毫不留情地將他們送到地獄的業火般的魔法。

「唉，反正只要有效，就沒問題了吧？」

「嗯，是這樣沒錯……」

如果硬要挑毛病，就是在看見惡靈們痛苦地被強制成佛的景象後，或許會對我以外的人的精神狀態產生影響也不一定。

艾莉絲也露出有些困擾的表情。大概是這和她想像的淨化惡靈不太一樣吧。

「感覺威爾看起來比較像壞人……」

「哼，我對壞蛋是不會手下留情的。」

我冷笑地對露易絲說道。

在那之後，我又淨化了兩間預估價格很高的貴族宅第，並得到了一間與男爵身分相符的房子作為回禮。

不過那兩棟房子也相當糟糕。

「雖然這曾是某位侯爵的房子，但他幾年前在書房被愛妾殘忍地殺掉。」

書房的牆壁上，確實仍殘留著鮮明的血跡。

可是即使進入這棟房子，也沒有惡靈來妨礙。

這棟房子的惡靈似乎仍殘留了一些智慧，想等買房者實際住進來之後再嚇人。

「真是討厭的幹勁。」

艾爾說得沒錯。

而且是值得將整棟房子淨化，直接送去地獄的程度。

不過有一點讓我很在意。正常人只要看見牆上的血跡，都不會想買吧。如果惡靈想等有人買下後再嚇人，那這樣也太奇怪了，於是我問了里涅海姆先生相同的問題。

「男爵大人。在王都那些專門處理高級房產的房屋仲介中，我也算是首屈一指。當然會確實打掃負責的房產是也。」

「那這是怎麼回事？」

「無論打掃幾次，那道血跡都會自己恢復。」

「好恐怖！」

「這棟房子的行情價是八百五十萬分，要免費送您是有點勉強……」

「我才不要！不需要，不需要！」

儘管並沒有看見惡靈的身影，但這棟前侯爵宅第會接連發生靈異現象，因此購屋者很快就會離開。

這裡不知為何，在淨化後也恢復成普通的房子。

非常遺憾的是，這次沒聽見惡靈們的慘叫聲。

然後，我們終於來到最後一間。

「年輕的男孩子——！」

「為什麼是我啊——！喂，威爾，快點淨化啦！」

「喂，那是什麼？」

追著艾爾跑的，是之前擁有這棟房子的伯爵大人妹妹的幽靈。

她運氣不好，一輩子都是單身。

似乎是因為這份遺憾，才變成幽靈留在這棟房子。

如果前來淨化的聖魔法師是男性，她就會興奮地發動襲擊，反過來，如果是女性，她就會靠意志與毅力撐過淨化。拜此之賜，她被稱做王都最難淨化的惡靈。

那位惡靈正追著似乎是她的菜的艾爾跑，雖然後者因為動搖而朝她揮劍，但反而換回了「真有精神，好棒！」的興奮回答，無法擊退她的艾爾只能不斷逃跑。

「要是艾爾願意跟她結婚，或許她會成佛呢。」

「哪有這種荒唐的事情——！威爾自己去跟她結婚啦——！」

看來即使正在拚命逃跑，艾爾依然清楚聽見了我說的話。

並以憎恨的語氣回答我。

「騙你的啦，我馬上淨化她。祈禱妳下輩子能有好的緣分。」

雖然她的確不是那種會傷害人的惡靈，但似乎因為那份執著獲得了恐怖的抗魔法能力。算是早點淨化比較好的惡靈。

我側眼看向被追著跑的艾爾，發動淨化魔法。

「男人的淨化——」

伯爵妹妹的未婚靈，和師傅一樣因為我的淨化魔法舒服地成佛。

不過這個抗魔法能力。

真的是強到令人懊悔她生前居然不是魔法師的程度。

「該不會只要是男性的聖魔法，誰都能讓她成佛吧？」

「不，普通的男性聖魔法師別說是無效了……還會直接被她摟起來親，或是一面輕鬆地承受對手魔法師全力施展的淨化，一面朝對方拋飛吻，展現出恐怖的幹勁，一般聖魔法師根本不是她的對手。」

最後有幾位聖魔法師，似乎因此產生最糟糕的心靈創傷。

「姑且不論房屋本身的品質，瑕疵的部分還真是糟糕。」

「是的，就是因為糟糕，所以解決後才能賺錢是也。」

「用符合男爵身分的房子，換取淨化這四間房產。其實你還有賺吧？」

「不！這只是我單方面的心意。」

怎麼聽都不像真的……

在這約莫半天的時間裡，我從這位里涅海姆先生身上發現的事實，就是他果然非常不值得信任。

「哎呀？小子，你買了這棟房子嗎？」

「嗯。正確來講，這其實是幫忙淨化的謝禮。」

作為淨化的謝禮，從里涅海姆先生那裡得到的房屋，就位於布雷希洛德藩侯在王都的宅第隔壁。

布蘭塔克先生在我們看房子時向我們搭話。

「小子，你這麼快就被霍恩海姆樞機主教利用啦？」

「從艾莉絲那裡學會『聖障壁』和『區域淨化』，淨化四間房子後獲得與男爵身分相符的宅第。

大概就是這樣吧。」

「小子，你還太天真了。」

此外，當然還有再次確認艾莉絲果然是個好女孩這件事。

「上級貴族區有很多因為無聊理由變成瑕疵屋的房產。也有許多因為支付報酬的問題，或是所有權方面太複雜等因素沒被淨化，就這樣被擱置的房產。」

「如果淨化那些房產再賣掉會怎樣？」

「因為全都是些原本以為沒救的房子，所以身為房屋仲介的里涅海姆，想必能分到非常多的報酬。那傢伙根本就不可能讓自己虧損任何一毛錢。」

布蘭塔克先生似乎知道里涅海姆先生的事情。

真希望他能早點告訴我。

「都怪你沒事先和領主大人商量，才會被介紹這麼可疑的人。」

「那個人真的很可疑……」

這次除了里涅海姆先生以外，還參雜了霍恩海姆樞機主教的政治考量，所以事情才會變成這樣。

讓甚至能淨化骸骨古代龍的我，在接受艾莉絲的指導後現場淨化瑕疵屋。

賦予大家這棟房子只是給我的謝禮，以及我為上級貴族們做出了一點貢獻的印象。

而且身為名譽神父的我做出的功績，也會被當成我隸屬的教會的功績。

話說我只是想普通地買棟房子，真希望他們能介紹個普通的房屋仲介給我。

「真是棟好房子呢。」

「不過這裡半夜會有被前屋主殺害的女僕幽魂出沒喔。這個幽魂，似乎將殺害自己的男爵給大卸八塊了。不過她不會襲擊男爵以外的人，頂多只是嚇嚇他們。」

「我就知道會是這樣！」

我又因此被迫多淨化了一間房子。

即使已經淨化過，真虧大家能若無其事地住在這種房子，但不知為何，只要一淨化完畢，就不會再在意這種事情。

「淨化真是不可思議。」

我總算得到了自己的房子。

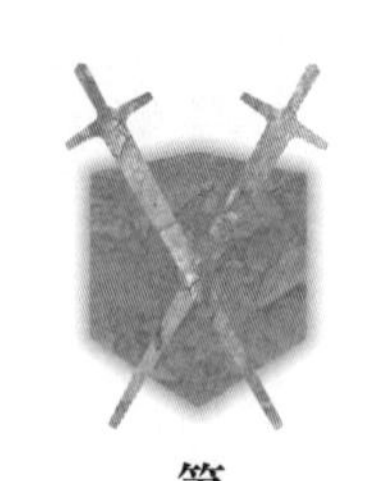

第二話　決鬥騷動

「那麼，今天又要開始接受導師的嚴格特訓了。」

「是啊……和淨化瑕疵屋相比，威爾覺得哪個比較輕鬆？」

「別提了……」

作為幫那位可疑的里涅海姆先生除靈的謝禮，我得到了一棟新房子，我和露易絲懶散地準備從那裡出門。

雖然就結果而言，我的確賺到了一棟房子，但這不過是幫忙除靈的代價而已。

我一點都不覺得自己有欠里涅海姆先生什麼人情。

之後我有去找過霍恩海姆樞機主教，向他抱怨那個可疑的里涅海姆先生的事情。

雖然艾莉絲也有陪我一起去，但一到霍恩海姆家，對方就像是早有準備般對我說：

「里涅海姆這個男人，表面上以專門販賣高級房地產聞名。不過與此同時，他在私底下販賣瑕疵屋的事情也非常有名。」

他便宜收購那些怎麼看都賣不出去的房子，或是告訴屋主如果成功賣出要收取高額的手續費，然後再靠自己的人脈加以淨化，當成普通房屋販賣並藉此獲利。

而里涅海姆先生的人脈，多半是來自於教會，為此他在這方面也花了不少經費。
「那個男人不曉得為什麼，非常擅長找出我們想蓋新教會的地點。」
他甚至會事先幫忙整好地，再搓著手出現在教會面前，以略低於行情的價格便宜出售。
雖然舉止可疑，不過是個優秀的房屋仲介。
他似乎就是這樣的一個人。
「所以他的淨化委託的優先順序才比較高嗎？」
「他在捐款方面也很大方。非常受平民出身的神父歡迎呢。」
按照霍恩海姆樞機主教的說法，里涅海姆先生似乎對人的慾望極為敏感。
「爺爺！你怎麼可以突然就讓還只是生手的威德林大人，進行那麼困難的淨化！」
艾莉絲打斷我們的談話，再次激動地向霍恩海姆樞機主教抱怨。
不過薑還是老的辣。
「對不起啊。居然這樣勉強艾莉絲重要的丈夫。看在妳昨天也因此能和心愛的丈夫一起親密除靈的份上，妳就原諒我吧？」
「心愛的丈夫……」
不只被輕鬆迴避還遭到反擊，艾莉絲滿臉通紅地低下頭。
「這對淨化來說是個好練習啦。」
「而且啊。雖然是孫女婿你自己賺的錢，但要是你突然砸大錢在上級貴族區買房子。你覺得事情會變得如何？」

「咦，有這麼嚴重嗎？」

看來這似乎都要怪我是個貧窮騎士的八男。

一個新來的，突然在上級貴族區以壓倒性的財力買下原本是地位比男爵還高的貴族的房子。光是這樣，好像就會被人在背地裡說「這個暴發戶新人啊……」之類的閒話。不然就是「像他這種傢伙，住下級貴族區的房子就很夠了」。

「所以必須塑造出你被那個可疑的里涅海姆和他背後的教會欺騙，被迫以介紹為名，行淨化好幾棟不良瑕疵屋之實的狀況。考慮到這樣的辛苦，就算有那樣的男爵宅第也無可厚非。」

據霍恩海姆樞機主教所言，突然一步登天的人，本來就必須顧慮到這些事情。

貴族們的負面評價，似乎也都集中在巧妙利用我大賺一筆的里涅海姆先生身上。

特別是他原本就被認為是個可疑的人。

「淨化過的不良瑕疵屋，也都正常地賣出去了。」

「下級貴族中，也有些人因為找不到適當的房子在排隊。所以孫女婿也可以說是賣了他們一個人情。」

不過是買個房子，我真的開始搞不懂貴族這種生物了。

尤其我的內在原本就是個平民，因此感受更是深刻。

「最後我免費獲得的那棟房子，也一樣被奇怪的東西占據。」

在穿著女僕裝的年輕女鬼，以燦爛的笑容對我們說「是主人嗎？如果是主人，就要活生生地大卸八塊」時，我們所有人都驚訝地說不出話來。

雖然艾莉絲馬上就溫柔地說服她，稍微施展淨化魔法後，對方就乖乖地成佛了。

「什麼？里涅海姆那傢伙，連給你當報酬的房子都是用瑕疵屋嗎？」

「大概是認為如果是我和艾莉絲，應該有辦法淨化吧。」

「那傢伙還是一樣大意不得……看來之後得稍微教訓他一下。」

隔天，或許是被霍恩海姆樞機主教叫去罵過了，前來道歉的里涅海姆先生，說要再送我另一棟房子後，就將所有權狀塞給我。

我立刻前往權狀上記載的房屋，那裡原本似乎是某個王族居住的屋子。

在極為寬廣的建築用地上，蓋了一棟大宅。

而且那裡周圍的圍牆貼滿了教會製作的符咒，大白天就有幾百隻惡靈在裡面飛來飛去，是棟最高等級的瑕疵屋。

「我看看……（這是七代前的王弟大人的房子，那個人的興趣是在地下室拷問與虐殺傭人、家臣和他們的親人。不過這是祕密喔），那為什麼你會知道啊……」

由於這故事實在太悽慘，要是讓世人知道國王的弟弟是殺了許多人的快樂殺人犯也會構成問題，所以最後那位王弟被設計成病死。

不過也因為這件事是被偷偷地處理掉，被害者們的憤怒就這樣累積在這棟房子周圍，變成連教會都放棄處理、堪稱災害等級的瑕疵屋。

這麼說來，和這棟房子位在同一區的其他房子都沒住人呢。

上級貴族當然都知道這棟房子的來歷，所以大家連搬都不想搬到這附近吧。

「那個可惡的假房屋仲介！」

「威德林大人？」

「光是擁有這棟房子，就會造成麻煩啊！」

結果我還是和艾莉絲一起淨化了這棟房子。

不過不愧是歷代的教會人士都放棄的地方，我們在這次的淨化上耗費了龐大的時間與魔力，我那天甚至必須向導師請假放棄特訓。

「居然淨化了那棟房子！在下連挑戰都不想挑戰呢！」

儘管是連那位阿姆斯壯導師都這麼說的房子，我們還是總算成功淨化了那裡。這都多虧了艾莉絲的建議與幫助。

如果只有我一個人一定會失敗，然而如果只有艾莉絲，那光是魔力量就壓倒性地不足，根本不可能成功。

「那個假房屋仲介，之後不會又搓著手來問我賣不賣這裡吧？」

「有這個可能性……」

「我絕對不賣給他！」

要是事情真的變成那樣也很令人生氣，所以我故意將淨化好的房子賣給布雷希洛德藩侯熟識的房屋仲介，最後賣了一千五百萬分……

「關於這棟沾滿血腥的前王弟家，其實周圍的房子全都被里涅海姆不動產便宜地買下來了……」

「不愧是那個假房屋仲介。」

「畢竟他在同業之間，也是以可疑出名的。」

即使如此，里涅海姆先生之前低價買進的那些周圍的房子還是很快就賣光了，他也因此送了一大筆錢過來當成追加的報酬。

即使有展現一定程度的誠意，那位可疑的里涅海姆先生果然仍是個讓人摸不透的角色。

到頭來，他給人的感覺還是不能信任。

「那個假房屋仲介介紹的淨化工作雖然報酬都很豐厚，但難度也相當高。」

在那之後，我偶爾還是會接受這方面的委託，當成是練習淨化魔法。

委託人大概是教會與里涅海姆先生各半吧？

由於報酬不錯，又和導師的特訓不同，能實際感覺到自己在進行魔法修行，所以忍不住就接了。

最近我開始會和擔任老師的艾莉絲一起前往下級貴族區、商業區或工業區出任務，這些委託全都是淨化非常棘手的瑕疵屋。

「如果是程度不嚴重的房子，那交給教會處理就好，所以這也是理所當然的。」

驅除長年沒被淨化的棘手惡靈或幽魂，最有效的方法就是讓我這種少見但擁有強大魔力的人，以暴力的手段一口氣消滅他們。

另外和我是同一種人的導師，似乎不擅長使用聖魔法。

他本人經常說「這種魔法，還是不會用比較好」。

以導師的狀況來說，即使是惡靈也會被他打死吧？

「這也能當成魔法修練——在和導師的修行不同的意義上。」

除了休息日以外每天都要進行阿姆斯壯導師的修行，雖然能夠讓人變強，但不像讓布蘭塔克先生指導魔法時那樣，可以確認自己的技巧有沒有變得純熟。

而且修行內容只有魔法格鬥術可以選，讓我都快忘了自己是個魔法師。

露易絲似乎也差點忘記自己在修行的是魔鬥流。

不然她也不會強烈向我主張魔鬥流是更加機敏，重視技巧的格鬥技。

「雖然兩邊都能當成修行，但兩邊都有問題呢。」

「有所隱瞞又可疑的里涅海姆先生，和毫無隱瞞但配合起來很累的導師嗎？」

「露易絲，妳說得真好。」

替我們送行的艾莉絲，對正在閒聊的我和露易絲說了聲：

「兩位路上小心。」

她在知道伊娜和露易絲從我還住在布雷希洛德藩侯的房子時，就已經和我同居後，一等房子裝潢完畢，就整理行李搬來這裡住了。

儘管婚前就搬到未婚夫家這件事在城裡稍微掀起了一陣話題，但她完全不在意那些傳聞。或許她的個性意外地毅然也不一定。

此外艾莉絲還利用霍恩海姆家的人脈，替新房子找齊了需要的傭人，她本人也會替我做飯、做點心、泡茶，以及完成所有其他家事。

借用露易絲的說法，就是「年輕太太」的模式。

唉，話雖如此，我至今仍未對她出手。

在這個世界，似乎嚴格禁止在婚前與將來會成為貴族正妻的未婚女性發生關係。

不過關於妾或愛人的故事卻還滿多的。

真希望親吻這種程度的互動，能作為打招呼的延伸獲得允許。

我覺得其他貴族一定都有在做。

「艾莉絲真有幹勁。」

「要是她也能幫我們做便當就好了……」

艾莉絲的廚藝並不差。

不過作為與導師修行的一環，我們必須完成自己尋找糧食這項莫名其妙的課題，不能自己帶食物過去。

簡單來說，就是午餐得靠自己去森林裡打獵。

我和露易絲在吃之前姑且還會做些調理，但導師只會放完血拿去烤，再灑些鹽來吃。

而且他還會把烤肉當成主菜，分我們一起吃。

「導師，你不考慮其他吃法嗎？」

「不需要。因為在下最喜歡這種吃法。」

雖然導師出生在衣食無缺的名門貴族家，但他不僅是次男，還具備魔法的才能，所以他為了活用這項才能，選擇了冒險者這個工作。

身為次男卻不必被綁在家裡，是因為有從小認識的陛下在背後支持，家裡又還有其他弟弟的緣故。

儘管兩邊的環境差異很大，但他似乎是個非常能享受這種變化的人。

無論是從未出現過在老家餐桌上、只有辣味的簡便平民料理，還是只有酒精濃度高的廉價酒，他不管把什麼東西塞進嘴裡，都會說「我第一次吃。真是稀奇的味道」，讓其他同伴看得傻眼，所以很快就和這行業的人混熟了。

「在下也很期待在野外露營呢！可以把獵到的兔子放血拿去烤。」

最後當然也是灑鹽來吃。

導師似乎非常喜歡這種調理方法。

不過總不能連在老家或自己的子爵家也這麼吃。

他之所以喜歡遵照陛下的命令到外地出差，最大的理由就是這個。

在執行帕爾肯亞草原的偵察任務時，他似乎也一個人在平原裡到處閒逛，在那裡過了好幾天喜歡的露營生活。

該怎麼說，總覺得這樣的生活非常適合他。

「我比較想吃艾莉絲的便當。」

「因為不管獵到什麼都只能放血後灑鹽拿去烤，所以我也受夠了。」

即使這麼想，還是逃避不了那些東西。

就在我們死心地走出門時，或許是因為導師悲慘的修行讓我的直覺變敏銳了，我發現了可疑的氣息。

露易絲一定在玄關那裡就注意到了。

因為她正對我露出意有所指的笑容。

「是誰？」

「被、被發現啦。」

我一大喊，幾名男子就從門的後面現身。

那些人大多二十歲出頭，至於位於中心的人物，看起來接近五十歲？

從所有人都穿著感覺很貴的衣服來看，應該是貴族吧。

而且位於中心的那位男性，身分看起來相當高貴。

男子將金髮梳成三七頭，身高約一百八十公分，體重大概一百五十公斤左右？

他擁有典型的肥胖體型，呼吸也很凌亂，無論怎麼看都不像學過武術。

「我、我、我是羅馬努斯．艾伯特．馮．海特公爵。」
沒想到這個男的似乎是公爵。
換句話說，他和王族有血緣關係。
此外因為他的說話方式和我前世在電視劇上看到的某位畫家一模一樣，害我忍不住笑了出來。
如果給他飯糰，不曉得他會不會高興？
「那個，請問公爵大人找我有什麼事？」
「我、我、我要向你申請決鬥。」
他一面這麼說，一面朝我扔出白色的手套。
然而或許是因為和導師修行過後，直覺變敏銳了。
我輕巧地躲過了那隻白手套。
不過對方是看起來和運動無緣的公爵，所以就算是普通人，只要稍微注意一下都閃得過吧。
「居、居然躲開了，真是卑鄙。」
「可以告訴我，為什麼你想和我決鬥嗎？」
應該說，擅自進行決鬥真的沒問題嗎？
如果決鬥是違法行為，而我又因為讓他受傷或喪命被問罪，或甚至被處刑，那可就麻煩了。
「因、因、因為你搶了我的艾莉絲。」
「咦，是這樣嗎？」

我忍不住向一旁的露易絲問道。

這是因為艾莉絲在和我定下婚約前，也有可能曾和這位公爵訂過婚。

「我怎麼可能知道。而且艾莉絲現在的未婚夫是威爾啊。」

「說得也是。事情就是這樣，請你離開吧。」

艾莉絲以前或許曾按照霍恩海姆樞機主教的命令，和這個人訂過婚也不一定。

如果是那個妖怪老頭，感覺有可能會這麼做。

不過那終究是過去的事情，所以我並不放在心上。

「我、我、我怎麼可能這樣就離開。」

「哎呀，請等一下！」

此時圍繞在公爵周圍的其中一名年輕男子，總算向我搭話。

「我是公爵大人的朋友，迪哈特・馮・巴修米戴男爵。」

這個男爵長得像螳螂般消瘦，一臉就是個隨從樣。

另外還有兩個看起來約三十多歲的騎士，分別叫安德斯與海布肯。

他們大概是公爵的附庸吧。兩人都非常不起眼，像是隨處可見的普通人。

「貴族之間的決鬥，只要這樣就算是獲得法律承認。」

詳細流程是先正式宣告、取得彼此合意、約定日期和時間，然後由第三者擔任見證人負責審判。

只要是在經過以上程序舉行的決鬥，無論是否有人負傷或死亡，都不會構成犯罪。

「因此請你放心接受這場決鬥。」

「我不要。」

「我、我、我叫你接受！」

公爵再次丟出白手套，我再次輕巧地閃躲。

「決鬥是貴族的榮耀。反過來說，拒絕就是莫大的恥辱……」

「我根本就沒什麼好處吧！」

雖然我不覺得自己會輸給眼前這個看起來毫無運動經驗的肥胖公爵，但要是輸了，對方一定會要求交出艾莉絲。

應該說在獲得艾莉絲的允許前，我們原本就不能擅自決鬥。

霍恩海姆樞機主教也絕對不會對這件事保持沉默。

「只要贏了，就能獲得擊敗公爵大人的榮譽喔。」

「啊？」

難道我是只會靠外表判斷別人實力的笨蛋，其實這位公爵是個非常厲害的魔法師或武術家嗎？

不對，根據我從布蘭塔克先生那裡學會的探測其他魔法師氣息的方法，我在公爵的身上感覺不到魔力。

不如說要是不小心打倒公爵，害他喪命或受傷，我反而有可能因此被問罪受罰。

「我、我、我是很寬容的。」

「我們明天會再來。期待到時候能獲得正面的答覆。」

「你、你、你給我洗乾淨脖子等著吧。」

說完想說的話後，公爵一行人便當著我們的面離開，我和露易絲只能傻眼地目送他們。

「決鬥啊。好久沒聽見這個詞了。」

結果為了討論該如何處理那個公爵，我們那天暫停修行。

因為不曉得該怎麼辦，我用瞬間移動的魔法找來我的宗主布雷希洛德藩侯、布蘭塔克先生、阿姆斯壯導師，以及身為當事人之一的艾莉絲這些老班底，一起商量對策。

地點是在我家的客廳。等艾莉絲幫所有人泡好茶後，我們便開始討論。

「很久沒聽見了？」

「嗯，布蘭塔克說的沒錯。」

根據布雷希洛德藩侯的說明，貴族之間的決鬥，從這個王國還是個小國時就已經存在。

名譽、女人、土地、特權或是財物，雖然理由無論是什麼都無所謂，但決鬥本身有明確的規則。

「那就是朝對手扔白手套，宣告決鬥。」

如果說「從外表就看得出來你很懂這個」，不曉得會不會很失禮？

但看來導師果然也知道決鬥的規則。

「可是我躲開了兩次。」

「那就不算成立了。」

按照導師的說法，只要白手套沒碰到對手，就不能算已經提出決鬥。

「我是覺得那位公爵在沒辦法把手套丟到別人身上時，就該放棄這場決鬥了。」

「雖然露易絲姑娘說得沒錯，但決鬥也可以找代理人。」

看來那位公爵明明自己不打算戰鬥，想找別人代理，卻還囂張地要我洗乾淨脖子等著。

就某方面來說，他的個性還真令人羨慕。

「不過，為什麼事到如今才要來申請決鬥？」

伊娜說得沒錯。

如果想要艾莉絲，他大可在我和她訂婚後馬上提出異議。

刻意等到現在這點，也讓人覺得很可疑。

「保險起見，我先確認一下，艾莉絲小姐認識海特公爵嗎？」

「是的，我知道這個人。」

在大約兩年前，那傢伙似乎曾對艾莉絲說「妳、妳、妳很適合當我第二十五位妻子」，然後一直纏著她嫁給他。

「爺爺明明拒絕過他好幾次……」

不過那傢伙依然不死心，甚至還反過來責備霍恩海姆樞機主教「區、區、區區子爵，居然敢忤逆我這個公爵，真是太不敬了」。

「區區子爵，那個公爵大人……」

「嗯，鮑麥斯特男爵說得沒錯。表面上，大家都只當他是個讓人有點困擾的人。」

不過實際上，似乎是將他當成一個什麼都沒想就侮辱教會幹部、不會看氣氛的笨蛋。

那傢伙好像還另外引發了許多問題，只是無論再怎麼笨都還是個公爵，所以才沒人公開非難他。

當然，他在背後被罵得很慘。

王都的居民斥責孩子時，甚至會對他們說「要是不好好念書，就會變得像那個公爵一樣」。

透過這段對話，我發現布雷希洛德藩侯開始改稱呼我為鮑麥斯特男爵。

看來老家在埃里希哥哥結婚時沒送禮金過來這件事，已經讓布雷希洛德藩侯完全不想回憶起那個鮑麥斯特本家了。

他曾經說過自己對那裡，就只有「每年好像都要派商隊去某個家族幾次」這點程度的印象。

結果老家沒準備禮金這件事，只有少數的相關人士知道。

這是因為這麼做實在太沒常識，所以布雷希洛德藩侯才會封鎖消息，不讓這件事情外流。

由於我馬上就補上了賀禮，因此在參加那場婚禮派對的人當中，只有極少數的人有發現。

既然我們這邊不打算讓這件事情傳出去，對方應該也不會特地公開，不必擔心消息會走漏。

我是不知道父親怎麼想，但科特哥哥或許就是看準了這點。

「海特公爵是前國王陛下的么弟。」

他是個無處可去的王族，所以後來成為碰巧沒有小孩的海特公爵家的養子。

相當於現任國王的叔父。

儘管血統優良，他在王族之間也同樣被人討厭。

即使陛下曾經就之前發生過的那些醜聞警告過他，那個人好像還是完全沒聽進去。

「霍恩海姆子爵應該很生氣吧。」

「是啊。住在王都的家臣也有跟我報告過。」

雖然說是「區區的子爵」，但實際上霍恩海姆樞機主教身為貴族的實力，可是遠遠勝過海特公爵。

這也是理所當然的，這個王國的公爵有一半可以說是名譽職位，只是用來保障多餘的王族能夠維持體面的生活。

因此公爵沒有領地。

在很久以前的某位國王駕崩時，似乎曾有幾名公爵同時起兵叛亂，從那之後就規定公爵必須以名譽貴族的身分住在王都。

這是為了避免他們在地方質疑王權的正當性掀起叛亂。

另外公爵家的數量也有限制，被設計成無法輕易增加。

真要說起來，階級的概念似乎就是在這時候被塑造出來的。

為了在王國成立初期，確立國王是貴族中地位最高的人。

在那之後，隨著王權獲得鞏固，階級也變成能領取多少年金的標準。

由於以前曾經出現過認為「國家的資產就是朕的財產，要怎麼用本來就是隨朕高興」，並鋪張浪費到影響國家財政的國王，因此在目前的制度下，國王能基於個人目的運用的，就只有以最高階身分領取的年金。

因為公費和薪俸會另外編列預算，所以年金只被當成是國王的零用錢。

而公爵當然也能按照階級領取年金。

「雖然公爵能領的年金在貴族中算是最多的，但他們沒有領地。」

正常來講，應該是不會輸給區區的名譽子爵，不過霍恩海姆子爵是教會的樞機主教。

所以他的實力當然不只如此。

「身為長男的霍恩海姆樞機主教是爵位繼承人。艾莉絲小姐是他的孫女。何況還是要她當公爵的第二十五個側室。只要父親是騎士爵以上，不管是誰都一定會生氣。」

除非是特別窮困的貴族家，否則光是第二十五人這個順位，就足以釀成問題了。

這樣的順位，已經到了即使是生意作很大的商人，也不會把女兒交出去的程度。

「爺爺告訴陛下這件事，陛下知道後，就把海特公爵叫去罵了一頓。」

不過這個人就和傳聞的一樣。

明明在對自己有利時，就會得意地說自己是陛下的叔父，一旦像這樣被責罵，又會覺得「不過是姪子的訓斥，根本沒什麼好在意的」，所以完全沒學乖的他，還是每隔一段時間就會吵著要艾莉絲當他的妾。

「就某方面而言，那個人還滿厲害的。」

「嗯，因為他只會依照自己的慾望行動。」

艾爾一指出這點，布雷希洛德藩侯就一臉困擾地如此回答。

想必是以前也吃過他的虧吧。

「我比較驚訝那個海特公爵，居然有二十四個太太。」

「如果連沒入籍的愛人也算進去，大概有這個的三倍吧。」

「真虧他還沒破產……」

雖說是公爵，但聽說他們除了必須僱用符合身分的傭人，還得和王族、貴族與大商人交際應酬，所以在財務方面其實沒什麼餘裕。

然而海特公爵卻有二十四個太太。

讓人很在意他到底是怎麼打平收支的。

「該不會他其實很擅長投資吧？」

「不不不。因為那個人到處欠了很多錢。」

布雷希洛德藩侯不愧是個大貴族，對其他貴族的財務狀況也很熟悉。

「只要是有一定地位的貴族大概都知道，他家在他這一代突然變得債臺高築。」

「原因也太好猜了……」

浪費、亂搞男女關係，以及援助今天那些討好他的附庸。

每年領取的年金，光是拿來還錢就用光了。

這就是俗稱的虧損經營。

在這種（債臺高築的）狀態下，居然還想要娶艾莉絲，那傢伙在某種意義上還滿樂觀的。

「在對外發表我和威德林大人的婚約後，他就安分下來了。所以我原以為他已經放棄了。」

「該不會是有什麼必勝的策略吧？」

「所謂的必勝策略，是指找到能在決鬥中贏過鮑麥斯特男爵的代理人嗎？」

「決鬥啊……」

如果對手是凶暴的野生動物，例如骸骨龍、老巨龍或是一定數量的魔物，那我的戰鬥經驗算是滿豐富的。

不過令人困擾的是，我在對人戰鬥方面，只有和導師一起修行的經驗。

或許意外地有可能落敗也不一定。

「要找有可能和能屠龍的小子對抗的代理人啊。有點困難呢……」

當過冒險者的布蘭塔克先生，開始努力回想海特公爵可能僱用的包含知名魔法師在內的冒險者。

「暴炎金普利應該是不會答應當代理人，然而那個欠債公爵又不可能付得起暴風雪莉莎的委託費……」

「真是危險的外號呢。」

「既然是冒險者，外號當然要響亮一點。畢竟這關係到工作的件數。」

看來這和摔角選手要取誇張一點的名字是相同的道理。

這兩位在目前活躍的冒險者中，似乎算是頗有名氣。

「考慮到是採決鬥的形式，即使是這兩個人，也會因為無法突襲魔力和魔法威力都很優秀的你而陷入苦戰吧。」

由於決鬥必須先和對手見面才能開始戰鬥，因此很難利用趁人不備或展開突襲等戰鬥方法，來填補魔力量和魔法威力方面的不利。

如果單純只以魔法互相攻擊，應該是沒人贏得了我。

按照布蘭塔克先生的說法，若有人明知如此還願意擔任代理人，那對方應該是非常嚴重的被虐待狂。

「對手該不會認為我其實很弱吧？」

「有這個可能。」

這對發現自己有魔法的才能，經過一定程度的鍛鍊升到中級的新人來說，似乎是相當容易犯下的錯誤。

他們會認為自己也能打倒那隻骸骨龍。而且或許還能贏得比我更輕鬆。

這也是因為只要有心，幾乎每個人都能獨自學會魔法造成的悲劇。

「小子，我和導師會好好教你決鬥的方法，你就接受那位公爵的挑戰吧。」

「可以嗎？不對，這樣沒問題嗎？」

「如果對手是我或導師，那輸的人應該會是你。可惜海特公爵並沒有委託我代替他決鬥。」

「在下也一樣。不過暌違五十七年的決鬥啊。真是令人期待。」

「那個，這又不是什麼開心的活動……」

明明別人接下來要決鬥，導師卻還是一點也沒變。

他果然和外表看起來一樣，非常喜歡決鬥。

「我之前曾向某個看不順眼的貴族申請決鬥，但對方居然哭著拒絕，實在有夠掃興！以一個大男人來說，還真是丟臉！」

如果和導師決鬥，之後一定只有死路一條，所以絕對不會有人想接受。

除了導師以外的所有人，都由衷地在內心對那位貴族感到同情。

＊　＊　＊

「虧、虧、虧你敢接受這場決鬥呢。看、看、看我怎麼送你上西天。」

結果我在導師和布蘭塔克先生的勸說下，被迫在隔天接受這場決鬥。

對方不知為何看起來很高興，或許真的隱藏了什麼王牌也不一定。

「真糟糕。居然現在才開始緊張……」

決鬥前一天的晚上，不曉得是不是因為緊張，難以成眠的我走到二樓的陽臺看夜空。

這個世界的月亮也只有一個，雖然顏色有點偏藍，但大小和地球的差不多。

「得早點睡才行。」

此時似乎同樣也還醒著的艾莉絲向我搭話：

「威德林大人，其實您不必為了我勉強自己……」

溫柔的艾莉絲看見我在緊張，便開始對我說放棄決鬥也沒關係。

不過這樣不行。

讓十三歲的艾莉絲嫁給那個長得像某畫家的肥胖中年大叔，當他的第二十五位太太，我微薄的自尊無法容許這種事情。

話說讓十三歲的巨乳美少女嫁給年近五十歲的大叔。

根本就是犯罪吧。

即使在這個世界不算違法，我心裡的法官還是判他有罪。

「艾莉絲就放心地看著吧。妳是我的未婚妻。我要昭告天下，如果有笨蛋想對妳出手，即使對方是公爵我也照趕不誤。」

「威德林大人。」

「這沒什麼，只要我不大意就好。我才不會把艾莉絲交給那隻蟾蜍呢。」

「好的，真高興能聽到您這麼說。」

我將艾莉絲拉了過來，兩個人一起欣賞月亮。

完美的場景，配上我帥氣的臺詞。

現在的我，怎麼看都是大獲全勝。

「我也相信威德林大人一定會贏。」

「謝謝妳。」

我和艾莉絲輕輕親了彼此一下後，便各自回到寢室為明天做準備。

＊＊＊

「那麼——！今天最引人注目的大活動——！那位屠龍英雄鮑麥斯特男爵與海特公爵的代理人，暌違五十七年的決鬥即將開始——！」

答應接受決鬥的我，隔天在海特公爵派來的使者帶領下，移動到決鬥的會場。

我原本以為會在郊外的空地舉行，但結果居然被帶到了王立競技場。

這座王立競技場，是王國用來舉辦各種武藝大會，或是讓王國內的幾個騎士團進行模擬戰的場所，是個舉辦活動時能容納約三萬名觀眾的石造豪華設施。

「明明沒什麼時間，真虧他有辦法預約到這種地方。」

「海特公爵大人在王城也很吃得開。」

前幾天也出現過的螳螂男，巴修米戴男爵得意地如此說道。

根據從布雷希洛德藩侯那裡獲得的情報，在海特公爵的附庸當中，他算是相對比較會動腦的那一型。

因為那個集團整體的智力水準有點微妙，所以比普通人稍微聰明一點的巴修米戴男爵，似乎是擔任軍師的角色。

「在競技場裡，有專門施展『魔法障壁』避免魔法波及觀眾席的工作人員。所以請放心使用魔法。」

「你還真有自信。我還以為你們會禁止我使用魔法。」

「那不是你唯一的特技嗎？請盡情施展吧。」

儘管對方明顯是在瞧不起我，但我並未特別放在心上。

我反而比較在意代理人是誰。

「到了，就是這裡。」

競技場裡已經擠滿了觀眾。

而且他們似乎拚命購買某種紙片，用力握在手裡。

「喂喂喂，居然拿別人的決鬥來賭博。」

販賣紙片的男性旁邊立了一張看板，上面貼著一張記載賭金倍率的紙張。

「我看看……鮑麥斯特男爵一點一倍。海特公爵十三點五倍！」

這場賭博，完全是我占優勢。

話雖如此，反正我自己也不能下注，所以隨便怎樣都好。

「你的那份自信，過不久就會轉變成絕望。」

看來海特公爵那群人，似乎準備了某個不得了的隱藏王牌。

包含巴修米戴男爵在內的所有人，都對我露出下流的笑容。

比賽開始前，我從準備室移動到競技場入口，從那裡可以清楚看見觀眾席。

場面座無虛席，看來許多人都對這場名為決鬥的傳統活動充滿興趣。

而且觀眾席的其中一塊區域，還設了相關人士專用的座位，在那裡可以看見艾爾，以及坐在他前面的艾莉絲、伊娜、露易絲、包含埃里希哥哥在內的布朗特一家、導師、布蘭塔克先生、布雷希洛德藩侯與他的家臣們的身影。

或許大家其實都很缺乏娛樂。

明明應該是因為擔心我才來的，但大家不知為何都買了輕食和飲料，看起來很開心的樣子。

「那麼——！我們差不多該請選手入場了！」

我遵照莫名興奮的廣播的指示，走進競技場內的比賽會場，海特公爵、巴修米戴男爵，以及兩名不起眼的騎士——合計四人已經先在那裡等待。

「這、這、這是最後了。屠、屠、屠龍英雄就要完蛋了。」

「看來你好像很有自信。」

「我、我、我有個最強的代理人。」

「那個代理人在哪裡？」

「因、因、因為太有精神，所以還沒讓牠出場。」

「啊？」

我有股不好的預感。

就在我這麼想時，海特公爵他們開始往後退，接著讓我的對手進場的門逐漸開啟。

一輛載著巨大牢籠的推車被從裡面推出來，在抵達預定位置後，那座牢籠的門被打開了。

一座高五公尺、全長十公尺，長得像座金屬山的物體從裡面衝了出來。

不對，那是一種常見的魔物。

儘管比不上屬性龍，但依然比小型的翼龍大。

雖然因為全身包著金屬鎧甲而難以辨認，不過那是被稱做飛龍的中型龍。

是成群棲息在分隔我的老家和布雷希洛德藩侯領地的利庫大山脈上，甚至連翼龍都能狩獵的凶猛物種。

「喂！那也能算是代理人嗎？」

「決鬥的規定，並沒有包含代理人一定得是人類。」

「那還用說……」

決鬥的規定，只寫了「決鬥者可以指定代理人」而已。

不過從常識來看，既然叫做代理人，那當然只能找人類。

「這樣沒有犯規嗎？」

配合我這句話，觀眾席也開始傳出「太卑鄙了！」的聲音。

當中也參雜著「好像很有趣，讓他們打！」的喊聲。

他們大概是刻意挑冷門，賭海特公爵他們會贏吧。

「規定上面根本就沒寫不能找魔物。」

不過不愧是自稱軍師的巴修米戴男爵。他的思考實在太膚淺，讓人只能一笑置之。

在放龍出來對付我的同時，以莊家的身分收集決鬥的賭金。

因為大部分的觀眾都會賭我贏，所以要是我輸了，莊家應該就能大賺一筆。

「既可以得到艾莉絲，又能同時賺錢。或許的確算是個好計策。」

不過只派普通的飛龍對付我還是會感到不安，所以才準備了那副金屬鎧甲吧。

而且我一用魔法探測，就發現那副鎧甲的鋼鐵上面塗了一層祕銀。

簡單來講，就是他們為了克制我這個魔法師，準備了這副用來應付魔法的鎧甲。

他們一定是在我和艾莉絲訂婚後，才開始用心準備的吧。

唯一遺憾的是，那副鎧甲實在太重，限制了飛龍原本的飛行能力。

雖然也可能是因為擔心飛龍或許會突然襲擊觀眾，才刻意這麼做的也不一定。

這表示即使是那群笨蛋，還是不至於會遺漏這方面的事情。

「好了，快點戰鬥吧。」

「巴修米戴男爵，你也快點準備戰鬥吧。」

「啊？你說什麼？」

雖然我不知道他們是怎麼抓到這隻飛龍，但被抓的龍絕對不可能聽從人類的命令。即使是小型的翼龍種，至今也沒聽說過有人成功馴服。

反倒是因為失敗被殺掉的人數，已經多到數不清了。

這個國家的空軍只由魔導飛行船組成，而沒有龍騎兵的理由，就是因為龍完全不會親近人。

「你只有一個人，所以這隻臭龍一定會先攻擊看起來很弱的你。去死吧。」

巴修米戴男爵似乎對自己的計謀很有自信。他一面對我口出惡言，一面露出下流的笑容。

「唉……我可是有忠告過你喔。」

的確，這隻全身都是鎧甲的龍為了吃掉我這個孤立的孩子，首先就朝我這裡衝了過來。

我中途試著放了一個小型的火箭魔法，但那副祕銀鎧甲確實地發揮作用，所以一點效果也沒有。

「唉，跟我預期的一樣。」

「這是在逞強嗎？」

巴修米戴男爵似乎認為我陷入危機，出言嘲笑，但我根本不可能輸給飛龍這種東西。

首先，我稍微張開「魔法障壁」避免自己被攻擊。

儘管心裡有點害怕這隻踏響地面朝我衝過來的飛龍，但「魔法障壁」擁有完美的防禦力，用力撞上障壁的飛龍，在發出巨響後被反向彈飛到數十公尺外。

「什麼！」

「牠的攻擊也對我無效。既然如此，接下來……」

就是順從本能，改從附近尋找好下手的獵物。

為了滿足食慾這項本能，飛龍衝向四隻獵物。

沒錯，就是海特公爵他們。

「咿！」

發現飛龍將目標改成自己，海特公爵他們當場嚇得腿軟。

看來在那些人當中，沒有能夠克盡貴族義務的人。

「要、要、要被吃掉啦！」

在海特公爵大叫的同時，已經抵達四人面前的飛龍，又再度被魔法障壁妨礙，彈飛到數十公尺遠的地方。

我在那四個人周圍也張了障壁。

「要是你們被吃掉，之後就沒辦法對你們問話了。居然帶自己無法控制的龍參加決鬥，這可是大醜聞喔，公爵大人。」

「……」

巴修米戴男爵因為我的發言而低下頭，反倒是海特公爵又振奮起精神來。

「好、好、好機會。快、快、快趁現在，給鮑麥斯特男爵好看！」

「真是太蠢了……」

我用「魔法障壁」包圍了那四個人。

他們的攻擊根本就無法穿越那道障壁。

「話說，我也被『魔法障壁』保護著啊！還有，你的代理人不是龍嗎？」

「這、這、這一點關係也沒有！」

看來這位海特公爵，是個最高等級的全方位笨蛋。

巴修米戴男爵等三人，則是已經死心乖乖就範。

「小子，快想辦法處理那隻龍！」

「我知道了。」

布蘭塔克從觀眾席指示我收拾那隻龍，因此我立刻用競技場的土做成銳利的長槍浮在空中，再以超高速刺向飛龍的雙眼。

當然，這種魔法無法用來對付屬性龍。

不過當對手只是飛龍時，就能從沒被鎧甲覆蓋的雙眼破壞大腦的部分。

「如果……真的想要決鬥的話，就正常地申請啦。」

為了避免死掉的飛龍血流出來，我快速將牠冰凍後收進魔法袋裡。

這是笨蛋公爵他們犯罪的證據，必須盡快保管起來。

「快將這些玷污久違決鬥的愚蠢之徒抓起來！交給陛下發落！」

在將飛龍收進袋子裡的同時，阿姆斯壯導師從觀眾席跳下來下達指示，叫競技場的警備人員抓住那四個人。

真好奇陛下會怎麼處置他。

雖然不曉得罪有多重，但海特公爵不僅找飛龍當代理人，還沒辦法控制牠。

明明是決鬥，卻在決鬥前就丟了大臉。對貴族而言，再也沒什麼比這更沒面子了。

「威德林大人！」

繼導師之後，艾莉絲也走下觀眾席抱住我。

胸部的觸感非常舒服，讓我發自內心覺得這場決鬥能贏真是太好了。

「幸好您平安無事。」

觀眾們似乎覺得這副並非聖女，而是普通十三歲少女的姿態非常有趣，紛紛開始鼓掌。

「好誇張的掌聲。」

「嗯，因為那裡所有的人都賭贏了。」

原來如此，這的確很重要。

「擔任莊家的海特公爵，付得出這筆錢嗎？」

除了當莊家以外，他們應該也有賭自己會贏吧。

考慮到這次的損害額，或許海特公爵家的財政狀況，將陷入無法繼續維持的狀態。

「後續的處理，就交給陛下吧。」

導師說完後，遞出一張紙給我看。

那是陛下親筆寫的信，內容提到即使海特公爵與其隨從在決鬥中被殺，也不會有人被問罪。

似乎是因為擔心我在決鬥中下手過重……所以導師才事先向陛下要了這封信。

「看來這件事沒這麼容易解決了。」

「這隻狗好不容易落水，應該會趁機拿棒子教訓他吧。」

「好可怕！」

「海特公爵就是這麼礙事的傢伙。我們也要小心留意。」

「是啊。」

我在心裡發誓，平常行動時要盡可能小心一點。

＊　＊　＊

在那場決鬥騷動結束後，又過了三天。我因為今天放假而待在家裡休息，此時阿姆斯壯導師帶著陛下的信和賞賜現身。

「陛下要我轉達，這次辛苦你了。」

接著他說自己還沒吃過早餐，在吃光艾莉絲幫忙準備的餐點後，才開始說明對海特公爵他們下達的處分。

「海特公爵家到這一代結束。海特公爵本人被送去地方的修道院。妻子和兒女返回老家，所有孩子都被剝奪貴族籍。另外包含巴修米戴男爵在內的三個人，也都是同樣的處分。」

利用公爵的名號變更競技場的使用順序，還聚集大量平民當觀眾和賭金來源，當著他們的面污辱這場久違的決鬥。

將自己無法控制的飛龍放到競技場內也是個問題。

即使因為鎧甲使其喪失飛行能力，但要是飛龍打破「魔法障壁」逃到外面怎麼辦？

想必一定會造成大騷動。

「再來就是海特公爵家的欠債，終於超出王家的容忍範圍。為了捕捉飛龍而付給超一流冒險者們的費用，訂製飛龍專用的祕銀鎧甲的費用，以及作為莊家必須支付的賭金，這些成了給他的最後一擊。」

而且最後所有的陰謀都失敗，導致海特公爵家的欠債攀升到無可挽回的程度。

主犯與相當主犯的那些人毫無同情的餘地，四人都被剝奪爵位，送到鄉下度過將自己奉獻給信仰的生活。

若想嘗試逃跑，或許有可能會「年紀輕輕就病死」。

被剝奪爵位的前貴族當家一旦被送到修道院，大概都是這種下場。

因為要是直接處死會造成問題，所以到死前都得被困在那裡。

「那些幫忙活捉飛龍和打造鎧甲的附庸們，在被陛下狠狠教訓一頓並說『既然你們有這個餘裕，那就讓你們支付罰金代替剝奪爵位好了』時，可是都哭了出來呢。」

如果不付錢，那就算被剝奪爵位也無法抱怨。

因此他們只能勉強答應支付。

「所以說，這到底是在搞什麼啊？」

「陛下有誇獎少年你喔。」

「和應付不死族的古代龍或屬性龍相比，是輕鬆很多啦。」

雖然應付那個公爵，會造成精神上的疲憊。

「不只是打倒飛龍，還同時用『魔法障壁』保護海特公爵那些決鬥對手不被飛龍攻擊，最後甚至避開有鍍祕銀的鎧甲，用土槍刺穿飛龍的雙眼破壞腦部殺掉牠。陛下說你雖然年輕，但判斷力非常優秀。」

並非單純施放高威力的魔法，能顧慮到這些事情，也是一流魔法師必備的能力。

「其實那些傢伙還計畫了更加無聊的事情呢。」

「更加無聊的事情？」

「沒錯。」

雖然主要是巴修米戴男爵的主意，但為了減少公爵家的欠債，他們似乎擬定了要從我這裡搶奪一大筆錢的計畫。

在決鬥中戰勝我。然後指責放棄陛下承認的未婚妻的我不忠，儘管不能把這稱做贖金，但還是能藉此從我這裡要到一大筆錢。

『只要能讓鮑麥斯特男爵交出足夠的鉅款和剩下兩名未婚妻，作為交換艾莉絲小姐的代價就行了……』

我本來就不覺得光是當一次莊家，便能還清那個公爵家欠下的龐大債務，原來他們是這麼打算的。

「我也不想當那個人的第二十五位妻子。」

「用我和伊娜兩個人換艾莉絲？這交換比例也太不公平了！」

雖然其中一個人的理由……有點奇妙，但擅自被當成預定的交換品項，使伊娜和露易絲都生氣了。

基本上這兩人都還未成年，所以身分仍是布雷希洛德藩侯的陪臣之女。

居然想對地方有力貴族的眷屬出手，看來這就是那位自稱頭腦派的巴修米戴男爵的極限了。

「不救他們會比較好嗎？」

「雖然是那樣的傢伙，但要是海特公爵他們死了，一定會有笨蛋藉此大做文章，所以你算是幫了大忙。觀眾們也因為能看見少年華麗的魔法，非常高興呢。」

再來就是決鬥後，與艾莉絲感動的擁抱。

這似乎也讓我在市井間獲得「雖然還是個少年，但從豬……不對，從海特公爵手中保護了未婚妻，並漂亮地在決鬥中打倒龍的貴族大人」的好評。

「演藝公會甚至向王城提出申請，想將這件事當成戲劇的題材呢。」

「唔哇，那是怎樣？」

一定會變成角色誇張到連本人都看不下去的作品吧。

「然後這是給少年的獎勵。」

說完後，阿姆斯壯導師交給我一個繡了王國徽章的絹袋。

裡面裝了五十枚白金幣。

「好多。」

「有一半算是遮口費！」

「哪方面的遮口費？」

「也可以說這只是個名目！」

「唔哇！居然直接說出來了！」

如果要計算明細，首先是賣掉被我殺死的飛龍得到的錢。

由於飛龍也是龍，因此一隻就能輕易賣到白金幣以上的價格。

再來就是賣掉那隻飛龍裝備的特製鎧甲的錢。

當然，因為無法直接拿來使用，所以必須重新熔鑄，但那副鎧甲的表面鍍了一層祕銀。光是那些祕銀就值不少錢。

「明明欠了一堆錢，真虧他做得出來……」

海特伯爵似乎在我和艾莉絲訂婚後，就投入最後的財力進行準備。

換個角度想，或許他對艾莉絲真的很有熱情。

只是嚴重搞錯方向而已。

「此外，這裡面也包含了一部分整理海特公爵家的財產後，獲得的資產。」

「咦？他不是欠了一大堆錢嗎？」

最近這段期間，海特公爵似乎都處於很少增加欠債，只用年金償還利息的狀態。

據說公爵的年金是一年兩千萬分，那傢伙到底欠了多少錢啊？

於是盧克納財務卿和債權人們商量，成功削減或甚至免除了那些欠債。

這和我前世那些大企業破產後，銀行在某種程度上放棄債權的狀況很像。

盧克納財務卿一對那些身為債權人的商人說「你們光是賺他至今支付的那些利息就賺夠了吧」，那些人就坦率地放棄了大部分的債權。

「包含巴修米戴男爵在內的剩下那三家人，似乎都沒有欠債呢。」

「那為什麼不幫忙改善宗主的財政狀況？」

「考慮到身為貴族的自尊，這是不可能的。」

即使是王家，也不能因為擔心海特公爵家的財政狀況而伸出援手。

要附庸干涉宗主的財政狀態，幾乎是不可能的事情。

如果海特公爵家主動求助倒還有可能，不過這樣也可能會被別人以介入為名義，行奪取家門之實。

結果海特公爵家就這樣在欠了一屁股債的狀況下毀滅了。

貴族的自尊，真的是個麻煩的東西。

「其他還有幾個協助海特公爵的笨蛋附庸，他們也被徵收了罰金。」

那些人除了尋找可能活捉飛龍的冒險者團隊、實際協助捕捉飛龍，以及幫忙訂做鎧甲以外，甚至還有人在獲得事後能把錢拿回來的承諾後提供資金。

「那算是共犯吧。」

「他們要是不付罰金，就會被剝奪爵位，所以都乖乖交錢了。」

不僅廢除了四個貴族家，還能拿到罰金。

這樣就不必再支付年金給那些貴族家了，少了海特公爵家這個麻煩來源，是件非常有益的事情。

從整體的狀況來看，應該可以說是有助公共利益吧。

原來如此，難怪能得到這麼多獎賞。

「不過有幾名王族開始提倡必須新立一個公爵家，來代替被廢除的海特公爵家……」

「陛下也真辛苦……那麼，艾莉絲、伊娜、露易絲，我們出去玩吧。」

既然已經講完了，今天又是休息日。

再來只要忘掉海特公爵的事情，出去玩就好。

「喂，我也要去。因為你們需要護衛啊。」

負責護衛兼自己也想去玩的艾爾主張要一起同行。

「在下也要去！」

「導師太顯眼了。這樣根本沒人敢來綁架……」

「在下想吃最近釀成話題的水桶聖代。」

「唔哇，感覺胃會很不舒服……」

如果要說這是人類的罪孽，那就沒什麼好講的了，總之和我第一次的決鬥有關的種種事情，總算是平安落幕了。

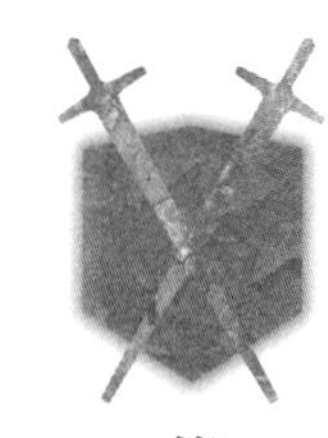

第三話 赫爾穆特哥哥的婚事

「離開家後辛苦奮鬥七年，總算能結婚了。」

「保羅哥哥，包含我在內，這實在讓人笑不出來。」

赫爾穆特哥哥說這些話時，臉上一點笑容也沒有。

某天晚上，我們在埃里希哥哥的邀請下，到布朗特家跟大家一起共進晚餐。

成員和平常一樣是我們五個人，以及包含埃里希哥哥在內的布朗特家的人們。

此外，還有接下來預定要結婚的三男保羅哥哥和他的未婚妻。

最後是四男赫爾穆特哥哥。

順帶一提，赫爾穆特哥哥最近似乎也預定要訂婚。和保羅哥哥一樣，艾德格軍務卿也預定要幫他介紹對象。

三天後就要舉辦相親。

這場相親的特色，就是絕對不會出現「很遺憾這次彼此沒有緣份……」的結果。

除非赫爾穆特哥哥有拋棄身為貴族的未來的覺悟。

「對象是艾德格軍務卿的附庸，一個家裡只有女兒的騎士爵家。」

「這條件不是很好嗎？」

「相對地，真的是辛苦威爾了呢。」

我原本只是想買房子，不過都怪那個和霍恩海姆樞機主教熟識的假房屋仲介，害我被迫淨化了好幾棟附帶惡靈的瑕疵屋，就連好不容易入手的房子，都附了恐怖的愛分屍的幽靈女僕這個標準配備。

真希望他能把我一瞬間以為這房子有附可愛女僕，在心裡暗爽的純情還給我。

保險起見，我得先說清楚，這並不表示我心裡有想對女僕出手的念頭。

我只是覺得若女僕工作時的樣子可愛，那光是這樣就足以滋潤內心。

「為什麼只有我必須處理那些連教會都搞不定的房子……」

「魔力多也很辛苦呢。」

埃里希哥哥出言安慰我。

在淨化過之前那棟「血腥王弟大宅」後，我不斷收到替被惡靈占據的房屋除靈的委託，範圍遍及王都各地。

雖然能藉此修練魔法，但我也有自覺到這非常辛苦。

拜此之賜，即使突然在上級貴族區買房，也沒人責難我，反倒是淨化的技術獲得了大家的好評。

從上級貴族的角度來看，原本因為惡靈而無法居住或購買的房子，又變得能夠使用了。所以他們大概覺得能做到這點的我，是個有用的傢伙。

就某方面而言，一切都按照霍恩海姆樞機主教所想的發展。

「最後還碰上那個海特公爵……」

「埃里希哥哥，別再提這件事了……」

「那個人還滿有名的呢，在壞的方面……」

看來就連身為下級公務員的埃里希哥哥，也知道海特公爵的事情。

「正是因為威爾付出了極大的辛苦，我們才能結婚啊。」

「相對地，我們也因此被艾德格軍務卿這樣的大人物給盯上了。」

因為我的緣故，他們似乎順利獲得了艾德格軍務卿的庇護。

「畢竟是在警備隊工作。所以姑且算是下級軍人。」

「正常來講，我和保羅哥哥應該到死都不會被那種人記住名字。」

由於王國境內光是騎士爵家就有兩千家以上，因此大貴族不可能記得所有人。

「三男以下想要被記住，就必須要有非常特別的背景或才能。」

例如想辦法入贅只有生女兒的貴族家，或是巧妙地成為沒生小孩的貴族家的養子。

就目前這個時間點而言，這方面的機率可以說低到接近奇蹟。

再不然就是要入贅到大貴族的陪臣家。

而且在這種情況下，一般不是被主人長男以外的兒子收留，就是很難和其他陪臣相處融洽。

最後就是和境遇與自己相同的長女以外的女兒結婚，耗費一生往上爬。

這些人大部分都會失敗，並在小孩那一代恢復為平民。

也有人從一開始就放棄，直接和平民的女性結婚。

優點是沒必要特別做面子，不需要花到太多錢。

或許很適合結婚後，想以富農或商人為目標的人。

此外，也有人因為堅決想和貴族結婚而終生未娶。

雖然這樣的人不多，但確實存在。

倖免於難的保羅哥哥，摸著胸口鬆了口氣。

「像我因為這個名字，更是不容易被記住……」

「畢竟是這個國家最多的赫爾穆特啊。」

四男赫爾穆特哥哥的名字，和這個國家的國名相同。

儘管讓人覺得有點不敬，但其實很多父母都會為孩子取這個名字。

無論是在平民還是貴族中，都占了極高的比例。

實際上在保羅哥哥和赫爾穆特哥哥的部下裡，就有幾個人是這樣。

最近嘴巴壞的人太多，甚至有人說這名字是「平凡的證明」。

當然，這當中也有很多人在各種領域留下輝煌的成果，但看歷史課本時，再也沒什麼比這更麻煩的了。

因為大家都叫赫爾穆特，結果只能靠中間名或姓來區別。

「我根本配不上這名字。那個老頭一定是想不出新花樣，才隨便幫我取了這個名字。」

「呃，那我的威德林呢？」

「不知道。根本就沒人知道那個老頭是以什麼標準在命名。」

最近變得比較常說上話的兩位哥哥、埃里希哥哥和我，四人一起嘆了口氣。

雖然不想繼承那種偏遠的領地，但還是很羨慕能成為本家當家的科特哥哥。上面那些哥哥們的感情，似乎在各方面都很複雜。

「不過，你們已經不想回去了吧？」

「是啊。」

「我已經沒辦法再過那種鄉下生活了。」

兩位哥哥在王都雖然是加入月薪低廉的警備隊，但還是不想再過那種只有沒味道的湯和乾癟黑麵包的生活。

儘管現在那裡的生活應該有所改善，但仍是偏遠的鄉下。

「現在沒值班時，也能和部下一起去郊外的森林狩獵。」

「就只有狩獵這件事，要感謝那個老家呢。」

由於老家是那種偏遠地區，因此鮑麥斯特家的男性大多擅長使用弓箭。

兩位哥哥在沒值班的日子，好像也會去王都近郊的森林打獵兼野餐。

不僅能呼吸新鮮空氣，取得食材，還能獲得只要賣掉就可以換錢的素材。

託這種出身的福，狩獵對他們來說並不辛苦，也能減少不必要的花費。甚至反而能當成副收入，到哪裡找這麼好的興趣。

「威爾下次要不要參加？」

「好啊。埃里希哥哥也一起去吧。」

「說得也是。四個人一起努力打獵吧。」

我們四位兄弟一開始商量打獵的事情，艾爾就加入話題。

「吶，威爾。」

「什麼事？艾爾。」

「不知不覺間，離開鮑麥斯特家的男人們自己形成一個派系了呢。」

「因為人這種東西只要有兩個，就會形成派系。」

「這我常聽說。」

話雖如此，既然老家都對我們棄之不顧了，那我們這些離家的人也只好自己聚在一起。

畢竟是那種會故意不送禮金給埃里希哥哥的老家，有必要警戒他們會不會再做出什麼奇怪的事情。

「雖然一般來說，是由年長者負責統率，但我們家剛好相反呢。」

「因為埃里希頭腦好，威爾會用魔法啊。」

或許是共同經歷過無法繼承家門的悲哀，離開家的兄弟們都有聚集在一起的傾向。

可是一旦有其他兄弟運氣好透過入贅成為貴族或飛黃騰達，這樣的關係也往往會輕易崩壞。

「我們只是平凡的庸才啊。」

講是這樣講，聽說兩位哥哥不僅在警備隊要負責統率部下，之前參加諸侯軍時，也能順利地指揮士兵。

如果是在軍隊，應該能正常勝任中隊長程度的職務。

「我們家最微妙的，應該是科特哥哥。」

「畢竟入贅侍從長家的赫爾曼哥哥，是鮑麥斯特家劍術最好的人。」

儘管在兄弟中體型最高大，外表也有點恐怖，但實際跟他說過話後，就會發現他人很隨和，在執行領內的警備業務時，也展露了優秀的領導能力。

雖然我以前幾乎沒和他說過話，所以也不是很清楚。

「科特哥哥怎麼了嗎？」

「最近父親的身體狀況好像變差了，所以他開始變得會獨斷獨行。明明在我們離開家前，他還會乖乖聽父親的話……」

「在我們兄弟當中，算是最普通的人呢……」

保羅哥哥和赫爾穆特哥哥如此回答我的問題。

即使最沒用，因為是長男，所以還是能繼承家門。

考慮到家的秩序，這也是無可奈何。

而且他也沒無能到會讓領內的統治荒廢。

平凡中的平凡。

這就是上面那些哥哥對科特哥哥共通的評價。

「定居王都的鮑麥斯特家派系啊……」

感覺是個禁不起打擊的不起眼派系。

「話說回來，聽說王都也有個鮑麥斯特家。」

「有是有啦。」

「只是和我們斷絕關係了。」

「為什麼？」

根據上面那些哥哥的說法，王都鮑麥斯特家不被需要的次男，在越過山脈開拓土地後，成為我們家的祖先，而那就是鮑麥斯特本家的起源。

「王都鮑麥斯特家曾經從領內的貧民窟裡挑選領民過去幫忙，並提供資金援助一段時間。」

「祖先似乎曾受到他們許多的照顧。」

「結果等開墾事業差不多上軌道後，我們家這邊就斷絕了聯絡。」

雖然是很糟糕的故事，但上面那些哥哥好像也在王都得知了這些事情。

保羅哥哥在執行警備隊的巡邏任務時，曾經碰巧經過王都的鮑麥斯特家，在順道過去打個招呼後，卻被非常隨便地敷衍過去，並得知其中的理由。

「大概是害怕被要求償還援助的那些錢吧。」

「真的是惡劣到令人無話可說……話說，本來就該還錢吧。」

「正常人都會這麼想吧？」

我們這一族，該不會都流著這種沒用的血吧？

「就連威爾變有名後，他們也完全沒露面。或許我們真的已經被恨到骨子裡了。」

「又要被老家連累啦。」

「從他們沒利用親戚的身分要求優待，或是叫我們還錢來看，他們應該只是普通人。我雖然只跟他們聊過一下子，但他們給我的感覺就是如此。」

在那之後，話題又回到保羅哥哥的婚事，這場餐會就這樣在快樂的氣氛下結束了。

三天後，赫爾穆特哥哥在艾德格軍務卿的撮合下，舉辦了一場相親。

由於不必擔心會被拒絕，因此與其說是相親，不如說只是讓兩人見面，但不知為何我們也被找去參加。

「艾德格軍務卿好像想在相親結束後和你見面。」

「我和他也只見過兩次面而已。」

第一次是打倒骸骨龍後，在謁見廳遇見他。

第二次是謁見陛下時，他剛好也在場。

不如說我甚至不太記得自己有跟他說過話。

我記得他是個外表約五十歲，總是穿著掛滿勳章的儀式用服裝，將棕色的頭髮理成平頭，留著翹八字鬍，給人典型軍人印象的男子。

「我也是第一次和他直接見面……」

雖然是警備隊，但只是下級成員的赫爾穆特哥哥嘟囔道。

比起相親，和艾德格軍務卿的會面明顯更為重要。

明明是赫爾穆特哥哥的相親，主角卻不是他。

而且代替他的監護人出席的我，年紀還比較小。

三天後，赫爾穆特哥哥的相親按照預定計畫舉行。

我按照艾德格軍務卿的家臣送來的信，前往上面記載的會場。

成員是我們這五個老班底。主角和保羅哥哥已經先在會場裡等了。

姑且不論負責護衛的艾爾，我原本在煩惱該不該帶三名未婚妻過去，但艾德格軍務卿的家臣請我務必連她們也一起帶去。

那位家臣似乎認為連妾都一起介紹給別人認識的人，比較容易讓人打開心懷。

這樣應該能給赫爾穆特哥哥的相親對象帶來好的印象。

至於關鍵的相親對象，居然就是我們在晚餐會時提到的王都鮑麥斯特家。

地點也是保羅哥哥之前提到的那棟房子。

因為實際造訪過一次的保羅哥哥一臉驚訝，所以應該就是這樣沒錯吧。

「居然要跟已經斷絕關係的親戚結婚……」

有血緣關係的兩個家庭結親，並不是什麼奇怪的事情。

畢竟從四代以前就已經分家，即使從血緣的角度來看也相當疏遠，對貴族來說，表兄妹之間的婚約更不是什麼稀奇的事情。不如說曾經斷絕過關係這點才是問題。

「我的宗主，對附庸與親戚之間不和的狀況感到非常擔憂。」

王都的鮑麥斯特家，似乎是艾德格軍務卿的附庸。

正確來說，艾德格軍務卿的老家史坦貝特家，是代代皆有許多人才位居王國軍重鎮的名譽侯爵家，而附庸於史坦貝特家的名譽男爵家——道姆男爵家，才是王都鮑麥斯特家的宗主。

道姆男爵家雖然是個在軍方擁有世襲職位的法衣男爵家，但他們的職責是管理王都周邊的森林與河川。

儘管感覺這和軍方的工作有點距離，但他們管理的森林和河川平常並沒有人居住，偶爾會發生有流民擅自闖入、在城市犯罪的人逃進去，或是有盜獵者出沒之類的問題。

找出這些人加以驅逐或捕獲，也是他們的工作內容之一。

似乎是因為偶爾必須動武，所以這項工作才會列入軍方的管轄。

雖然很少發生，但他們好像也接受討伐山賊的委託。

「在與各位的老家起爭執後的下一代，王都的鮑麥斯特家才獲得了這個世襲的職位。」

工作內容，是管理同時也是王都近郊水源地的森林地帶。

由於貧民區的人會想定居於此，又有盜獵者出沒，因此這工作似乎還挺忙的。

「雖然現任當家的工作表現良好，道姆男爵對他的評價也很高……」

但這個家似乎只有生女兒。

於是他們便請道姆男爵幫忙斡旋婿養子的人選。（註：婿養子是收養和婚姻的繼承制度，當門閥名主、貴族等只有女兒沒有兒子時，即可透過此制度將女婿身分改成養子來繼承家業。）

「就在尋找適合對象的期間，剛好聽說赫爾穆特大人的事情……」

艾德格軍務卿並沒有閒到隨時關心區區一個騎士爵家的家庭狀況。

只是碰巧得知我的哥哥們在警備隊工作，在摸索與我結緣的方法時，碰巧有人提到王都鮑麥斯特家在招贅的事情。

既然如此，那為何不先把這機會讓給保羅哥哥呢……

艾德格軍務卿這不曉得是沒抓好時機還是刻意的安排，讓我感到有些在意。

像這種時候，我總是會想徵詢埃里希哥哥的建議。

不過他今天要上班，我沒辦法請他陪我一起來。

「吾主會再找適當的機會，將一個騎士爵家交給保羅大人管理。」

考慮到王國的財政狀況，無法輕易增加貴族的名額。

不過要是被貴族子弟們知道貴族家的數量已經達到飽和，也會釀成問題。

要是有人在失去希望後，打算暗殺現任當家就麻煩了。

因此雖然需要由大貴族們與陛下進行協議，但王國某種程度上仍保留了一定程度的餘額。

為了增加那些餘額，有時甚至必須剝奪太過糟糕的貴族的爵位。

另一個方法，就是透過成功開發新土地，來增加貴族家。

我的老家就是其中一個例子。

「吾主對保羅大人與赫爾穆特大人的才能抱有很高的期待。」

艾德格軍務卿的家臣的這番話，讓兩位哥哥露出苦笑。

他們都很清楚自己有多少能耐。

知道自己有辦法經營一個貴族家，但沒有其他突出的才能。

我也一樣，雖然我對魔法很有自信，不過我身為貴族的能力仍是未知數。

「那麼，我們進去吧？當家大人在裡面等我們。」

在艾德格軍務卿的家臣催促下進門後，我們在玄關發現一個給人的感覺和父親有點像、將近四十歲的男子，另外一名看似男子妻子的婦人，以及一名年約十八歲的可愛女兒也一起出來迎接我們。

「我是威廉．漢斯．馮．鮑麥斯特。這是內人科琳娜，以及小女芙莉蒂。」

該說果然只有給人的感覺有點像嗎？

畢竟兩家早在四代前就已斷絕來往，如果事先不知情，或許不會發現他們是親戚也不一定。

雖然兩家的人都有相同的深棕色頭髮。

「我是赫爾穆特．馮．班諾．鮑麥斯特。」

以赫爾穆特哥哥為首，我們開始依序進行自我介紹，等大家都介紹完畢後，我們被帶到屋內的客廳。

等女僕為所有人都倒好茶後，王都鮑麥斯特的當家威廉先生首先開啟話題。

「雖然我們在和保羅大人初次見面時，表現得有點冷淡，不過我們並沒有什麼特別的意思。那只是祖先交代下來的事情。」

「交代下來的事情？」

明明在獨立的事情上提供了那麼多援助，結果對方居然擅自斷絕關係。於是從四代前開始，就一直交代後代「要是將來遇見他們的子孫，一定要向他們抱怨」。

「三代前的曾祖父運氣好，獲得了森林警備的世襲職位。反正兩家人應該也沒機會再見面了，就算一直恨下去也不是辦法。」

俗話說的好，愈有錢的人，愈不會和別人吵架害自己虧損。

的確，同樣是騎士爵家，這裡端出的茶和點心明顯和其他家不同。

我的老家甚至連點心都沒有。

只有稀得像熱開水的瑪黛茶。

「這個茶是森林瑪黛茶吧？甜味感覺不太一樣。」

「不愧是霍恩海姆家的大小姐。您真是內行。」

艾莉絲馬上就發現端出來的茶是高級品。

不愧是在泡茶方面擁有專家級實力的艾莉絲。

「其實這些不用錢，算是負責森林警備附帶的好處。」

從違法入侵者和盜獵者的手中，保護特定區域內的森林。

雖然許多最下級的騎士爵貴族都是擔任這項職位，但要是抽到大獎，似乎能獲得不少好處。

「我家守護的森林深處，是森林瑪黛茶的自然產地。」

要是能確實完成森林警備的工作，就能在某種程度上，獲得自由處分那座森林產物的權利。

再來就是他們也能決定要讓多少獵人進入森林，並向獵人們收取入森費，所以有許多人都過得比爵位和職務要來得富足。

「只要在不會對產地造成影響的程度內進行收割，就能當成副收入的來源，也能自己泡來喝。」

「真令人羨慕。居然能採到森林瑪黛茶的茶葉。」

在這個世界最普及的茶，無疑就是這個瑪黛茶。

這裡的瑪黛茶無論茶樹還是茶葉，外表都和我在前世看到的差不多。

大概只差在葉子的顏色有點黃。

這種茶葉的價格落差也非常大，從價值可能與同重量的銀相當或更勝一籌的王宮貴族專用的高級品，到平民連同莖一起泡來喝的便宜茶葉都有。

高級的瑪黛茶樹，具有生存在自然環境愈嚴苛的地方，味道就愈甘甜的特性。

那並不是像砂糖那樣明顯的甜味，而是一股淡淡的高雅甘甜，餘味愈少的茶葉就愈是高級。

最高級的茶葉生長在北方的阿卡特神聖帝國，而且只長在標高超過八千公尺的山頂附近。這種茶葉就比同重量的銀還要昂貴。

由於環境過於嚴苛，因此不僅三年只能採收一次，就連採收時都要賭上性命，導致價格無可避免地攀升。

而第二貴重的，就是長在人跡罕至的原生林裡的瑪黛茶樹。

儘管茶葉的品質很好，但由於經常被野生動物吃掉，因此難以大量取得。

「在警備茶樹的自然產地時，甚至還必須另外僱人幫忙。」

只要賣掉就能賺錢，同時也很適合當成送給大人物的禮物。

原來如此，這職位的油水的確是滿多的。

在執行森林警備時，順便以保護管理的名義採集要是放著不管，就會被野生動物吃掉的高級自然茶葉。

雖然無法採集太多，但由於離王都很近，因此得進入警備起來非常辛苦的森林。

實際上威廉先生今天雖然為了相親回來，但平常除了假日以外，他都是住在森林裡的管理小屋。

「我們家需要男性人手。因為必須往返這棟房子和警備小屋，所以還是由男人來輪班比較好。」

無論王都的治安再怎麼好，與警備有關的工作都還是伴隨著危險。

抓到的盜獵者大多是貧民區的居民，要是招致他們的怨恨，這棟房子或許也會有危險。

威廉先生說明了想盡快替獨生女招贅的理由。

「如果是這樣，那我的弟弟們要比我優秀得多了。」

「赫爾穆特大人在警備隊有指揮部下的經驗，只要你能好好統率我們這邊的人，認真並耐心地工作就行了。」

雖然接受過一定程度的教育，但並非所有貴族都是有能力的人。

即使普通，依然能認真遵守規矩耐心工作。由於職務是森林警備，因此剛好適合這種程度的人。

畢竟這基本上是個最好什麼事都沒發生，必須等待事件發生的工作。

「從初代鮑麥斯特家到現在，已經傳了十二代。像威德林大人那樣的魔法師，可以說是史無前例。我們真的只是平凡的騎士爵家。」

反正所有的事情，在一開始就已經全部決定好了，所以這場相親順利地結束。

在長輩們說了「接下來就讓年輕人自己來……」後，赫爾穆特哥哥就和相親對象的芙莉蒂小姐一起出門約會了。

「雖然他們說『接下來就讓年輕人自己來……』，不過怎麼看都是我們比較年輕呢。」

「威爾真的很愛在意這種無關緊要的事情。」

艾爾吐槽我。

「呃……畢竟一般是不會讓弟弟見證哥哥的相親。」

威廉先生向我們說明，這次只能算是特例。

「那麼，接下來該開始商量婚禮的日期……」

開始商量婚禮日期後，威廉先生說，我已經是所有住在王都的鮑麥斯特家人的領袖。

「我們王都鮑麥斯特家在招赫爾穆特大人入贅後，實際上已經被吸收進男爵大人的派系。總而言之，至少在貴族社會中看起來是如此。」

雖然感覺老家似乎被徹底排擠了，不過反正原因是出在他們自己身上，王都的貴族社會也完全不會去在意那種位於偏遠地區的騎士爵家。

彼此之間連認識的機會都沒有。

「呃……鮑麥斯特本家幾乎被孤立，理應是分家的威爾成了領袖，在加上埃里希先生的布朗特家和赫爾穆特先生的王都鮑麥斯特家後形成新的勢力。」

「此外我們當家一定會協助保羅大人獨立，創設新的騎士爵家。所以保羅大人也會加入這個派系。」

至今一直保持沉默的艾德格軍務卿的家臣，接在伊娜後面補充說明道。

「這麼一來，威爾就是布雷希洛德藩侯的附庸，埃里希先生是盧克納財務卿的附庸。保羅先生和赫爾穆特先生則是艾德格軍務卿的附庸。真是麻煩呢。」

「麻煩歸麻煩，所謂的貴族，就是這種存在。」

我難過地回答露易絲的指摘。

「嗯──這樣看起來，威爾似乎已經被層層束縛起來了……」

「唔，好想早點以冒險者的身分工作……」

就這樣，我陪赫爾穆特哥哥參加相親的任務總算結束，然而威廉先生卻在最後做出不得了的發言。

「今年有場三年一度，由王國主辦的武藝大會。威德林大人也必須出場一次……」

據說是艾德格軍務卿叫我絕對要參加。

「呃，那個大會能使用魔法嗎？」

「不能。」

「……看來第一戰就要輸了。」

大會似乎是在一個星期後開始。

因此我在心裡發誓，如果有時間至少要做最後的掙扎。

在那之後，艾德格軍務卿招待了我們一頓晚餐，不過並沒有發生什麼特別的事情。

雖然保羅哥哥和赫爾穆特哥哥因為對方是雲端上的人物，所以看起來非常緊張。

我之所以能夠表現正常，是因為我平常就在應付「那個人物」。

「不愧是大貴族招待的晚餐。真是美味。」

「露易絲，妳還真會吃呢。」

「因為真的很好吃啊。伊娜不再來一份嗎？」

「我吃不下了……」

只要是和阿姆斯壯導師扯上關係過的人，似乎都有神經會自然變大條的傾向。

我交互看向因為個性正經而緊張的伊娜，以及一臉若無其事地多要了一份甜點的露易絲後，重新在心裡確認了這點。

第四話　武藝大會前夜

「那個家真的是……」

隔天，我向布雷希洛德藩侯報告昨天相親的結果。

順便說明了鮑麥斯特本家，在從王都鮑麥斯特家那裡要到援助並順利獨立後，就斷絕聯絡連一毛錢都沒還的事情。

「你不知道嗎？」

「和埃里希大人的禮金一樣。都只是事實沒被公開而已。」

站在王都鮑麥斯特家的立場，由於他們在下一代就獲得了能夠世襲的職位，因此已經沒把這筆錢放在心上了。

應該說他們也不想再因為這件事情被敲詐了。

「名義上是援助，所以嚴格來講也不算是欠債。」

即使如此，照理說在領地的開發有所進展，變得較有餘裕後，就算不附利息也該好好償還。

這對貴族而言，可以說是理所當然的事情。不對，應該說作為一個人，本來就應該這麼做才對。

「難得獲得這麼好的職位，那家人應該連派去討債的人力都覺得可惜吧。」

就算辛苦派人過去，要是我的老家說「沒錢能還」，那就到此為止了。

要是有這樣的人手，是我也會選擇用在森林警備上。

畢竟唯有安定的職位，才能保障下一代以後的生活。

「他們或許就是看準了這點才不還錢吧。」

在只有少數相關人士知情的情況下借錢，再刻意賴帳。

這或許也能算是一種利用他人善意的小額詐欺。即使金額一點都不小。

「另外就是擔心辛苦獲得的好職位，可能會被人找麻煩嗎？」

「沒錯。要是造成騷動，應該會有人想藉此將其當成醜聞。」

那家人當中有對錢很小氣的人，或許會扯工作的後腿，還是開除他們，讓我們家來繼承那份工作如何？為了獲得職位，感覺那些尼特族貴族一定能若無其事地做出這種事。

「是因為也有考慮到這點，才什麼都沒說嗎……」

「就結果而言，那是正確的決定。」

王都鮑麥斯特家，在沒掀起任何風波的情況下順利獲得森林警備的職位，結果成了在騎士爵家中算是富裕的家族。

真希望我家的爸爸和科特哥哥，能稍微向他們學習一下。

「他們的婚禮，我也會參加。再來就是……」

雖然必須祕密進行，但包含賠償金在內，我似乎得替老家償還欠王都鮑麥斯特家的援助金才行。

「畢竟這幾乎算是公然的祕密，而且兩家也是因此斷絕關係。另外關於禮金……」

然後是面臨和埃里希哥哥那時候一樣的問題。

保羅哥哥也將獨立組成一個騎士爵家，並且獲得艾德格軍務卿這個後盾。

儘管這姑且算是祕密，不過貴族社會已經大致預料到這個結果，所以就算隱瞞也沒什麼意義。

即使是在貴族世界，最重要的果然還是人脈。

當然，婚禮時也必須給禮金。

「全部都要我出啊……」

「不，由我來出。只是會以鮑麥斯特男爵的名義。」

做為南部最有權力的人，布雷希洛德藩侯也有身為宗主的自尊。所以宣告他要負責所有的費用。

「不過在我們這邊的帳簿上，會全部記為鮑麥斯特本家的欠債。」

雖然不曉得要多少錢，但應該是足以讓鮑麥斯特家陷入困境的金額。

「你不向他們討債嗎？」

「考慮到我們家上一代的罪狀，也只能乖乖閉嘴了。」

無論哪邊，都是只要一追究起來就會造成麻煩的問題。

即使如此，這筆帳依然會被記下來，只是布雷希洛德藩侯不會派人去討債而已。

這件事將來還是有可能造成很大的麻煩。

「和錢有關的這些讓人鬱悶的事，大概這樣處理就行了。對了，聽說你要參加武藝大會？」

「那好像是強制參加……」

大概只要是貴族，至少都要參加一次王國主辦的武藝大會。

雖然我的老家一樣是例外。

「這個國家在冊封貴族時，不是就說過了嗎？」

「是指『吾之劍～』那段話嗎？」

即使戰場上的主要武器是弓和槍，或是存在足以讓兩國祕密簽訂紳士協定、禁止使用的強力魔法，貴族還是會因為華麗的劍術而受人尊敬。

姑且不論現在包括我在內的所有貴族中，還有多少人的劍術搬得上檯面這個微妙的狀況。

「我年輕時也有參加過。」

在繼承爵位前，布雷希洛德藩侯果然也有出場過一次。

「結果如何？」

「在預賽第一場就漂亮地輸了。因為我的劍術才能是負的。」

布雷希洛德藩侯在小時候，似乎是那種被老師說「請你只要練習時別受傷就好」的學生。

就連我也沒差勁到那個程度。

「雖然即使在預賽第一場就輸掉也不會怎樣啦。」

「是這樣嗎？布雷希洛德藩侯大人不是軍人嗎？」

「就算是軍人，也不會構成什麼問題。」

畢竟規定就只有每個人至少要參加一次而已。

而且雖然這項成績會影響軍人能否往上爬，只要獲得好成績就能在評鑑時加分，但頂多也只到中級指揮官而已。

「若想成為上級指揮官，就必須具備指揮能力或後方支援等各種能力。」

最高指揮官一旦陷入必須以優秀的劍技接連打倒敵人的戰況，那時候就等於已經輸了，所以劍術並不那麼重要。

「如果是小隊長那種層級，倒還能獲得一定的評價。」

即使如此，如果不擅長指揮部隊，那也沒辦法再往上爬了。

演習時，如果有人無法好好指揮自己的部隊，那在評鑑時也會獲得劣評。

不是只有劍術而已，如果不同時學習指揮部隊、後方支援和戰術等技能，就無法往上爬。

「若只有打架厲害，那頂多就是被派到前線吧？」

「唉，說得也是。」

正因為是軍人，所以必須擁有率領軍隊的能力才能往上爬。

單純的劍術高手，頂多只能成為有名的冒險者、劍術師傅，或能幹的小隊長。

「而且鮑麥斯特男爵應該不想從軍吧？」

「嗯。」

「那就沒問題了。將目標訂在突破預賽的第一場比賽就行了吧。」

雖然感覺有點窩囊，但就算現在開始努力，劍術也不可能馬上變好。

布雷希洛德藩侯說的話是正確的。

「鮑麥斯特男爵至少還有足以屠龍的魔法。我連那方面的才能都沒有呢。」

而且男爵以上的貴族，似乎也不需要是劍術或武術的高手。

不如說處於不擅長動武，必須僱用這類人的狀態還比較好。

「要是樣樣精通，只會被人討厭。而且雖然叫做武藝大會……」

按照布雷希洛德藩侯的說明，這場大會似乎還能細分成劍術、槍術、箭術，以及空手或使用手甲的格鬥術等項目。

「我個人是比較想參加箭術項目……」

儘管不到王國屈指可數的箭術高手的程度，但感覺我在這項目能表現得最好。

「很遺憾。貴族家的當家或繼承人，都一定得參加劍術項目。」

好像是因為貴族宣誓時都得說「吾之劍～」那一套，所以必須報名劍術項目。

「真沒辦法。只好不抱希望地……（等等，要是用魔法進行各種強化……）」

「啊，話先說在前頭。所有項目都禁止使用魔法或魔力。畢竟那是一場純粹用來展現技術的大會。」

布雷希洛德藩侯的話，讓我最後的希望發出崩壞的聲響。

「武藝大會啊。在下以前也出場過一次。」

離開布雷希洛德藩侯那裡後，我一用「瞬間移動」的魔法回到位於王都的家，就發現阿姆斯壯導師正優雅地在那裡喝著瑪黛茶配餅乾。

雖然從外表看不太出來，但這個人意外地喜歡且經常吃甜食。

接著我們當場討論起武藝大會的話題。

「禁止魔法真的很棘手呢。」

「這是因為大部分的人都無法使用魔法。」

由於是純粹用來展現技術和經驗的大會，因此就算允許使用魔法或魔力也沒意義。

若導師認真起來，無論劍術再怎麼強的高手都會被輕易擊敗吧。

「不過，規定也有曖昧的部分，偶爾也會發生就算使用了魔力，還是因為裁判恣意的判定而沒被追究的狀況。」

即使只有和普通人一樣或略高的魔力量，還是有強者能巧妙地利用那些魔力提升身體能力。

然而這樣的才能有一半算是本能，因此就算突然禁止使用也很困難。

因為用到的魔力量不多，所以也可能被勉強判定為沒有犯規。

「裁判會測定魔力量，一旦確認使用了超過常人的平均魔力量，就會失去資格。」

「真是麻煩呢。」

看來我們光是稍微使用魔力，就會喪失資格。

「只能靠劍術啊。這樣應該預賽第一戰就會輸了。」

如果運氣好，碰上和我一樣是參加來當紀念的貴族，或許有機會贏也不一定。

不過除了這種人以外，還有幾乎每屆都會參加的職業軍人、包含近衛隊在內的騎士團的騎士們，以及雖然還只是實習生但每天早晚接受嚴格鍛鍊的年輕人。

不僅如此，為了獲得名聲，許多民間的冒險者或流浪武士也會參加。

能夠參加決賽的，只有一百二十八名。

是一個至少必須贏過七場，才能突破預賽的嚴苛大會。

「冒險者或流浪武士更是幹勁十足呢。」

成績優秀者，立刻就能成為護衛或少數諸侯軍的戰力，也比較容易被貴族招攬。

在這個沒有戰爭的時代，這是這些外人能夠侍奉貴族家的唯一機會。

「話說導師那次的結果如何？」

「嗯。在下也按照父親的指示，參加了劍術項目……」

導師也不擅長劍術，即使如此，他依然靠蠻力打到了預賽的第四戰。

「預賽的第四戰啊，真厲害……」

「的確，能打到第四戰算很厲害了。」

此時，在我家商量婚禮事宜的埃里希哥哥他們也出現了。

保羅哥哥和赫爾穆特哥哥，現在正為了婚禮和入贅的事情過著忙碌的每一天。

「第四戰算很厲害嗎？」

「威爾，我在預賽的第二戰就輸了。」

埃里希哥哥剛成為下級官員時，也曾經因為被當時還只是上司的盧德格爾先生說「這是慣例」而參賽。

「有一部分也是因為運氣好，第一戰的對手是某個伯爵家的繼承人。」

對方是典型的貴族大少爺，埃里希哥哥是因為對手太弱才獲勝。

的確，畢竟埃里希哥哥的劍術，或許比我還爛也不一定。

「順便問一下，保羅哥哥呢？」

「我有打到第三戰。」

「好厲害。」

「我也是因為運氣好啦……」

保羅哥哥的對手，和他一樣是實習的警備隊員，同時也是貴族的繼承人。

「我被分到分組表的最旁邊，碰巧因人數問題成為種子選手。然後碰上男爵家的繼承人。」

即使如此，他還是贏了第二戰。

我、埃里希哥哥和赫爾穆特哥哥，都以尊敬的眼神看向保羅哥哥。

「我們不愧是鮑麥斯特家的人。程度都有夠低……」

雖然只要不是軍人世家，或是父母對這方面的教育很有熱忱，否則差不多都是這樣。

「做為給大家的參考，我也是在第二戰落敗。因為我第一戰的對手，是和我同一個警備隊但比我弱的傢伙。」

沒想到赫爾穆特哥哥也有通過第一戰。

這讓我感覺到一點壓力。

「該怎麼說才好，聽起來一點都不讓人期待。真想突破第一戰……」

「要是能像保羅哥哥那樣打到第三戰，那就算很了不起了。不過，現實大概就這種程度。」

沒辦法像那些冒險故事的主角那樣，輕易打進決賽或賭上優勝的冠軍戰。

看來這種事情很少發生。

雖然我本來就不可能遇到這種狀況。

「只要有碰過老練的冒險者就知道了。一下就會輕易地輸掉。不過就算是那種人，能打到決賽也算是奇蹟。」

而且即使是那樣的高手，在面對人數暴力時依然會變得無力。

這也是軍方對那種人才的期待，就只有希望他們能在前線活躍的最大理由。

「雖然我們這些兄弟就只有這種程度，但艾爾文、伊娜和露易絲或許有機會也不一定？」

「如果是艾爾文，應該能打到預賽第五戰。雖然這也要看分組的運氣。」

要吸引貴族的注意，至少必須突破預賽的第四戰。

保羅哥哥接著補了一句「反過來講，要是無法突破第四戰，或許會有點麻煩」。

「威爾的男爵家才剛成立不久吧？要是身為侍從長的艾爾文成績不好，或許來自薦的人會變多也不一定。」

「如果那種程度也能當侍從長，那不如僱用我」之類的。

當然或許也能以「成績必須比艾爾好」為標準，來勸退那些求職的人。

「不過，光是只有劍術強也不夠吧？」

「嗯，只因為這樣就將人留在身邊，是件危險的事情。」

我實在不想去想像劍術優異的流浪武士，其實是敵對貴族派來的刺客，結果一僱用那個人，就被對方用劍殺死的未來。

「總而言之，得請艾爾努力一點才行了。」

在那之後，我們又聊了一會兒。

等三位哥哥回去後，到外面送他們離開的我，發現艾爾正拚命在庭院裡練習。

「因為大會就快到了。眼前的目標，應該是希望他能突破預賽的第五戰吧？威爾是第一戰嗎？」

「嗯，總之至少希望能有一勝。」

就在我和埃里希哥哥一面看著艾爾練習，一面聊天時，艾爾突然大喊：

「我的目標是通過預賽！」

艾爾目前正在隸屬近衛騎士團的瓦倫先生那裡學習劍術，站在他的立場，在這場大會取得好成績似乎是必須條件。

「多麼崇高的目標啊……」

「伊娜也拚命在練習，露易絲的狀況也差不多。」

由於不能灌注魔力，只能靠技巧戰鬥，所以這場大會對伊娜和露易絲來說，也是難度極高的挑戰。

雖然感覺這兩個人就算沒拿到好成績也不會怎樣。

「我非贏不可啊。」

「這樣啊……」

我們在心裡為拚命揮劍的艾爾加油。

「不過，第一戰這個高牆啊……」

「希望威爾的分組運能好一點。」

「真的只能靠這個了。」

儘管從我的角度來看，埃里希哥哥的發言可說是非常失禮，不過因為這是事實，所以我也不怎麼在意。

然後，武藝大會開始的日子到了。

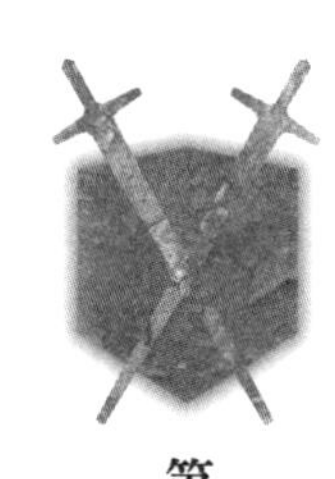

第五話　武藝大會正式開始

「……」

「那個，威德林大人？」

「真期待今天的便當。」

在終於開始的武藝大會第一天。

今天預定要消化大部分的預賽賽程。

畢竟參賽者很多，再加上還有槍術、箭術和格鬥技的項目，一天根本不可能結束。

主要的賽事，是在我之前和海特公爵決鬥的王立競技場舉行。

決賽將花上兩天慢慢進行。

因此只有有資格參加決賽的人，可以在這裡比賽。

大會另外指定了幾座位於王都各地的道場和演習場，在那裡舉辦預賽。

「比起便當，還是多擔心一點比賽的事情吧。」

「反正幾乎可以說是輸定了，有什麼好在意的！」

「也不用說得這麼篤定……」

艾爾傻眼地回答。

今天早上，我們一起從家裡出門參加比賽，我和艾爾是為了劍術項目的預賽，伊娜為了槍術項目的預賽，露易絲則是為了格鬥技項目的預賽。

雖然每個項目的參加人數都不太一樣，但先輸掉的人，都預定會回到這座競技場。

因為參加人數最少的格鬥技項目，預定今天將在競技場舉辦決賽的第一戰。

然後，過了約兩個小時。

「少年，你第一戰就輸了嗎？」

「是的……」

我好歹是男爵，所以為了讓和我有關的人能馬上有位子坐，我在大會期間租了三天的包廂。

這個特等席的包廂，能輕易容納十幾個人，讓他們一起觀戰。

雖然也能向負責這裡的業者點飲料或餐點，但我們有料理和泡茶的專家艾莉絲在。

她似乎一大早就起床，幫我們準備了大量的便當和點心。

「我聽說了。你的對手居然是瓦倫大人……」

「居然對上近衛騎士團的中隊長，威爾的分組運真是……」

在有超過萬人出場的劍術項目中，我第一場就碰上了艾爾的劍術師傅——瓦倫先生。

人真的可以倒楣到這種地步嗎？

就連保羅哥哥和赫爾穆特哥哥，都對我誇張的不幸啞口無言。

使用魔力劍的瓦倫先生，背負著不能使用魔力的不利條件。

這點我也是一樣，雖然這方面的條件我們是互相平等，但原本擁有的劍技實在是相差太多。

果然不愧是能靠實力被推薦到近衛騎士團的人。

比賽才剛開始幾秒，我一回過神，就發現劍尖已經抵在我的脖子上，只能選擇投降。

要是能使用魔法，我就能先用「魔法障壁」擋下那道攻擊了……

這就是俗稱的輸不起吧。

『那個，我只能說真是不好意思……』

『哈哈哈，反正我還有魔法。』

『畢竟您強到能夠打倒龍呢。』

就連比賽後，和瓦倫先生的對話都顯得空虛。

會場的觀眾們，也因為掀起話題的屠龍英雄在第一戰就輕易輸掉，驚訝得說不出話來。

不過我的劍術頂多就是這種程度。

在老家進行的晨間訓練，想必只能用來鍛鍊基礎體力。

「原本打從一開始，就沒人對小子的劍術抱持期待。艾爾那小子表現得怎麼樣？」

布蘭塔克先生做出殘酷的評論，但因為都是事實，所以我完全無法反駁。

「他輕鬆地突破了第一戰。」

我向坐在同一個包廂內的布蘭塔克先生，說明艾爾的現況。

他看起來就是來玩的。

因為這個人正一面從艾莉絲準備的便當中挑出適合當下酒菜的料理來吃，一面以微醺的感覺持續喝著我自製的酒。

「這樣啊。」

「根本是個醉鬼……」

「因為今天似乎不會被捲入小子帶來的災難。所以我直接進入休養模式。」

「要是真的發生什麼事怎麼辦？」

「誰理他啊。反正導師也在，應該沒問題吧？」

被奇怪的公爵提出決鬥，被迫幫可疑的房屋仲介淨化，或是被委託保護奇怪的河馬。

只要待在王都，真的就會被捲入一堆無聊的事情。

至於剛才提到的導師，他也待在同一個包廂裡，正邊吃艾莉絲做的點心邊大口喝著瑪黛茶。

只要對象是導師，不管再好的茶，都會被他像喝井水般大口喝掉。

就連點心也接連被他毫不留情地塞進嘴裡，看得我胃都有點痛了。

「對艾爾那小子來說，第一戰應該不是問題吧。」

「艾爾文少年非常努力！一定會獲得好的結果！」

艾爾在第一戰就碰上了中堅等級的老練冒險者，我本來以為他會陷入苦戰，但他沒幾分鐘就輕易地將對手的劍給打飛了。

「首先理所當然地贏了一場呢。」

我沒看過艾爾平常訓練時的樣子，所以很驚訝他居然變得這麼強。

雖然有一部分是因為陛下的要求，但據瓦倫先生所言，艾爾似乎原本就有劍術的才能。

所以在來王都的這一年多的時間內，就算他已經獲得了我望塵莫及的技術，也沒什麼好意外的。

一來是他有個好老師，二來是我的劍術原本就不怎麼樣。

「除了小子以外，其他人都沒回來呢。」

「別這麼說啦。」

不過到了下午三點時，露易絲第一個回來了。

她毫不隱瞞不甘心的表情，坐到我的腿上。

簡直就像隻希望別人安慰的小貓。

「我覺得不能使用魔力，對修練魔鬥流的人來說太不利了……」

露易絲拚命地只靠過去學會的魔鬥流招式戰鬥。

由於她體型嬌小又沒什麼力氣，因此只能靠速度擺弄對手，持續施展利用對手力量的招式。

她懊悔地說著雖然自己藉此突破預賽的第四戰，但仍在第五戰時敗給了同流派高手的事情。

「才十三歲，而且第一次出場就突破第四戰算很厲害了。比小子強四倍呢。」

據說只要能打到這裡，就算是擁有能被騎士爵或準男爵相中並僱為家臣的實力。

在早期確保年輕又有才能的年少者，花時間培育成適合自己家門的人才。

即使是在這個世界，也有貴族會做出類似錄取新人或生手的事情。

無論再怎麼強，只要是有一定年齡的專家，大多都很有個性並難以駕馭。

「我就知道會被這麼說。不過妳全身都是傷呢。」

既然是格鬥技項目，那難免會經常被對手的攻擊擦到。

露易絲的手和臉，都有輕微的紅腫或傷口。

「威爾，幫我治療。」

「明明會場就有神官了，為什麼不請他們幫妳治療？」

在比賽中受傷的人很多，所以教會派了許多治癒魔法師在會場待命。

我本來以為露易絲也請那些魔法師幫她治療了。

「在這種時候，真希望你能坦率地說想幫可愛的未婚妻治療。」

「是是是，讓我來為妳治療吧。大小姐。」

「道服底下也有傷口喔，想看嗎？」

「妳也看一下場合。」

「但真心話是？」

「想看！」

我用水系統的治癒魔法，一口氣治好露易絲所有的傷。

「威爾的治癒魔法，和艾莉絲的一樣有效呢。」

「這是因為威德林大人的魔力很強。」

雖然也得考慮效率的問題，但比起使用十魔力，當然是使用五十魔力的效果比較好。

露易絲的傷口幾乎都是擦傷，所以一下就痊癒了。

「不過魔力用得太多了。其實只要剛才的五分之一，就能完全治好。」

「說得也是。畢竟要是太浪費魔力，在關鍵時刻可能會導致魔力不足。」

「我會再多練習。」

我向布蘭塔克先生和艾莉絲表示自己會再多練習治癒魔法。

「哎呀，伊娜也回來了。」

考慮到她回來的時間，應該是獲得了還不錯的成績，但她不知為何一臉無法接受的樣子。

「伊娜？」

「預賽第六戰，明明只要贏了這場就能進入決賽。」

雖然也要看分組的運氣，但看來伊娜的武藝在這一年內也精進了相當多。

「我知道妳想表現得更好，不過以第一次參加來說，這應該算是很好的成績吧？」

「是這樣沒錯啦……」

「那妳還有什麼不滿？」

「與其說是不滿，不如說是無法接受……」

原來伊娜第六戰的對手，居然是之前有段時期常在家門前表演「槍術大車輪」，希望能被我僱用的那個人。

「那個人這麼厲害啊……」

而且他的實力似乎非常強。

「我覺得應該不輸我的槍術老師。或許還更強也不一定……」

都怪那些只要是有常識的人都會想迴避的表演，那個人在我組織諸侯軍時也沒被選上，儘管他之後仍持續在屋外推銷自己一段時間，但我們都刻意忽視他。

「他明明可以不做那種表演，直接來應徵就好了……」

偶爾會有這種人。

明明能力很強，但因為某些誤會而無法達成目的。

「然後，我們在比賽結束後聊了一下……」

那個使用槍術大車輪的人，似乎叫做羅德里希。

而且他意外地還是某個人的親戚。

「盧克納財務卿的親戚？」

「好像是他弟弟和商人的女兒生的孩子。」

雖然相當於盧克納財務卿的姪子，但因為他的母親並非正式的側室，所以儘管流著貴族的血，依然不能算是貴族。

「試著談過話後，就會發現他意外地多才多藝……」

首先，由於羅德里希先生的母親老家是商家，因此包含讀寫與計算在內，所有商人的業務都難不倒在那裡長大的他。

此外，他還會記帳、處理決算和計算各種稅金，對商法或其他與做生意有關的法律也都非常熟悉。

「就某方面來說，的確是盧克納財務卿的姪子呢。不過，為什麼他會學槍術？」

「據說是因為他小時候體弱多病，所以才想鍛鍊身體。」

「啊？」

下一個疑問，就是為什麼他想讓貴族僱用？

似乎是因為他母親的兄弟已經繼任為商會的當家，且相當他舅舅的那個人不想選擇外甥，而是想讓自己的小孩繼承商會，因此視他為眼中釘。

羅德里希先生自己太能幹也是個問題。

大概是擔心若讓他當自己兒子的部下，可能會被篡位吧。

而且，他也無法期待盧克納財務卿的支援。

據說盧克納財務卿和弟弟因為繼承爵位與財產時的紛爭，關係非常惡劣，這件事在宮廷也相當有名。

難怪他會連一封推薦信都拿不到。

「商人的世界也很辛苦呢……不過居然能靠鍛鍊身體用的槍術打進決賽？」

看在認真將人生賭在槍術上的人眼裡，或許他的確是個會讓人有點不悅的人。

即使本人沒有惡意。

「威爾，我可是還輸給他了耶。」

「呃，就當做是因為他出乎意料地有才能，所以不是妳的問題……」

「不過還真是個怪人呢……」

的確，雖然我只有遠遠看過他，但我原本只當他是個不知為何一直在轉槍，讓人搞不懂的傢伙。

羅德里希先生的身高約一百八十公分，雖然身材中等，但看起來經過嚴格的鍛鍊。

他擁有在這個世界也算稀奇的綠色頭髮，外表怎麼看都只是個好青年。

從那個「槍術大車輪」的吆喝聲來看，應該是個很有活力的人。

「呃，既然感覺是個可用之才，那是不是先招攬過來比較好。」

「我就知道威爾會這麼說，所以已經問好他的聯絡方式了。」

等我成年當上冒險者後，就會以布雷希柏格為據點，需要有人能幫我管理王都的房子。

既然他會算帳，身手又好，那應該可以先將他加進候補名單。

「順便請他指導妳槍術如何？」

我如此建議伊娜。

「那個人強歸強……」

但就連在比賽中，都會使用槍術大車輪那種普通人用起來，只會害自己露出破綻的招式。

伊娜也看不出來那是什麼流派，所以大概是他的獨創招式吧。

「普通人無法模仿啊……唉，反正妳獲得了不錯的成績。」

只差一步就能打進決賽。別說是不錯了，根本是我望塵莫及的成績。

「這麼說也有道理。」

雖然不曉得以後還有沒有機會參加，但如果有，伊娜應該能拿到種子權。

至少我是不會想再參加。

而且也沒這個必要。

「話說回來，威爾的成績如何？」

伊娜，妳居然劈頭就問這個問題……唉，好吧。

「哼，問得好！」

我的對戰對手是近衛騎士團的中隊長，魔法劍的高手瓦倫大人。

即使不用魔力，他的劍技依然絲毫不受影響，在比賽一開始就敏捷地揮舞利劍。

儘管他的動作快得驚人……但我好歹也是從六歲開始就每天……

雖然偶爾還是會休息，不過我好歹曾在老家接受過劍的基礎修練……

「你輸了吧？」

「很無聊地一下就輸掉了。」

伊娜以冷靜的表情問道，我也表情冷靜地回答。

「第一戰就輸了？」

「那還用說。如果我有辦法在劍術方面贏過瓦倫先生，那才是個笑話。」

「不用這麼得意地馬上回答吧！」

仔細想想，除了次男的赫爾曼哥哥還算厲害以外，我的老家根本沒人擅長劍術。

雖說鮑麥斯特家有著代代相傳的自主訓練方式，但也只是在早上做一小時的基礎訓練而已。那種程度的運動，大概只和中國的老人在早上打太極拳，或是日本的收音機體操差不多。不管什麼事，都需要努力才能學會。

所以無論要花多少時間，我每天都會練習魔法到太陽下山為止。

「讓我報名劍術項目這件事本身就是個錯誤。」

「這麼說的確也有道理。可是我從來沒聽說過有魔法項目。」

「那是有理由的！」

阿姆斯壯導師回答伊娜的疑問。

雖然他的手上拿著自己專用的大茶杯，以及艾莉絲特製的司康餅。

「魔法師的人數很少，不能大舉集中在王都。」

正因為人數不多，所以有很多工作都必須仰賴他們，就連讓他們花時間和魔力在這種比賽形式的大會上，都讓人覺得可惜。

「再來就是有可能會出現死者。」

儘管比劍也可能造成死者，但人數遠遠比不上魔法。

而且如果要讓魔法師在會場內以魔法互相攻擊，就必須準備能張設堅固「魔法障壁」的人員，這對大會來說難度實在太高。

「我大概懂了，話說艾爾的狀況如何？」

「應該還沒被淘汰吧……」

就在伊娜回答的同時，比賽會場開始進行格鬥技項目的第一場決賽。

似乎是因為若競技場第一天完全沒有比賽，觀眾們一定會抱怨，所以才特別安排這場比賽。

是原本的身體能力就有差距嗎？

感覺這世界的比賽遠比前世的格鬥技比賽要有魄力，不過因為沒有認識的人，所以我也沒專心在看。

「總覺得有很多年紀大的人。」

「因為是在比技術啊。」

按照露易絲的說明，由於這畢竟是場重視技術的大會，因此高手相對比較容易留下來。

特別是有許多武術師傅的格鬥技項目，在這方面更是明顯。

「不過這和現實的強悍是兩回事？」

「我覺得打進決賽的那些人，應該大部分都贏不了我。」

露易絲擁有中級到上級左右的魔力，又能將其應用在魔鬥流上，所以這結果可以說是理所當然。

「那到底為什麼要辦這種大會啊？」

「我想是為了證明『雖然選手的綜合戰鬥力普普通通，但他們每天都有認真鍛鍊，具備優秀的技術』。」

「露易絲姑娘說得沒錯！畢竟要是我們全力戰鬥，應該沒有人能贏得過我們。」

此外擁有精湛的技術，就表示只要僱用或委託那個人工作，就能請對方幫忙指導別人。

無主的流浪武士想推銷自己，其他人則是想展現自己具備能將技術傳給後進的能力。

這兩個才是出場者們的主要目的。

「聽完這些後，突然覺得有點無聊了。」

像這種武藝大會，一般應該會讓人覺得很興奮才對，但不可思議的是一聽完背後的內情，我馬上就開始感到無聊。

我開始將注意力轉移到艾莉絲做的便當上。

其中一道將用味噌醃過的豬肉拿去烤的配菜和白飯最搭，非常美味。

順帶一提，教她這個調理方法的人是我。

「那是因為小子你第一戰就輸掉了吧？」

「才不是這樣。」

「我倒是很享受這場大會。」

布蘭塔克先生的狀況，是只要有美味的下酒菜和酒就什麼都能享受，一點都不值得相信。

「所以只剩艾爾還在比啊。」

「那個，不好意思打擾你們聊天……」

「艾爾，原來你在啊。」

艾爾似乎在不知不覺間回來了。

而且還帶著有點愧疚的表情。

「你輸了嗎？」

「我在第六戰遇到了瓦倫師傅。」

「你也是啊！」

果然基於經驗的差距，艾爾還是贏不了自己的劍術師傅瓦倫先生。

至於我，則是仍停留在連要怎麼贏都還不知道的階段。

「有種一切都結束了的感覺。」

如果要以前世的方式來比喻，大概就像自己高中的棒球社，剛在甲子園的預賽落敗……那樣的感覺吧？

「只要能打到第六戰就沒問題了吧？不過為什麼大家看起來都這麼高興？」

像這種故事，的確只要劇情一進展到武藝大會，就會進入高潮。

不過這個世界的武藝大會不能使用魔法，所以總覺得有點無聊。

然而，觀眾們依然緊張地等待比賽結果出爐。

這讓我感到有些不可思議。

「因為這場武藝大會，同時有舉辦由王國擔任莊家的大型賭博。雖然收益聽說全都會被當成慈善活動的資金。」

「早知道就不聽了……」

在剩下的兩天，武藝大會按照預定消化了所有比賽。

和一直沒辦法感到興奮的我不同，露易絲一個人表現出開心的樣子。

「太好啦——！格鬥技項目被我賭中了！賠率是二十三倍！」

「妳有下注啊……」

結果為期三天的武藝大會，就這樣平安結束了。

說到我們做的事情，就只有和有空來的人一起坐在比賽會場的包廂裡，享受艾莉絲特製的便當和茶，以及我準備的酒，開心地舉辦宴會而已。

比賽反而變成單純的風景。

「不過，那些出場比賽的人都會莫名其妙地偷瞄這裡耶。」

「那是因為想被你僱用吧。」

「我才不需要那種連腦袋都是肌肉的人。」

我想要的，是能夠幫我管理王都的房子和統率傭人們的人才。

無論劍術再怎麼優秀，都和我僱用的重點不同。

「那個『槍術大車輪』呢？」

布蘭塔克先生似乎也很在意之前在房子外面揮舞長槍的「槍術大車輪先生」。

我一說想僱用那個人幫忙管理王都的房子，他就露出意外的表情。

「因為那個人好像也會管理帳簿。」

「人真的不可貌相呢……」

在這三天的武藝大會中，我得到的就只有王都房屋的管理人，以及人不可貌相這句話的實例而已。

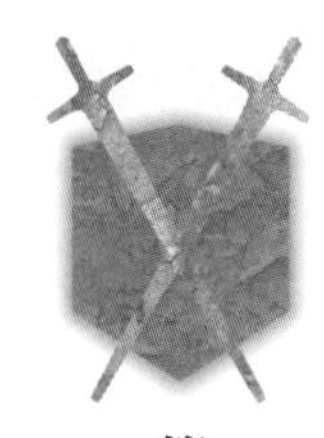

第六話　邁入十五歲

「累死了……」

「我也是……」

「在下一點都不覺得累！來吧，再給在下漂亮的一擊！」

距離我們以王都為據點，已經過了約兩年半，在前幾天邁入十五歲的我，今天也和露易絲一起接受導師的修行。

雖然是讓人想說「這到底是在哪裡連載的戰鬥漫畫啊」的兩年半，但我們應該有確實獲得成果。

如果沒有的話，我的精神面會受到很大的打擊。

我的魔力還是一樣持續提升，並且學會了許多新的魔法。

在那之中特別值得注目的，就是從阿姆斯壯導師那裡學來的「身體能力強化」、「高速飛翔」以及「魔導機動甲冑」這三種魔法。

儘管非常消耗魔力，但威力可是掛保證的，由於阿姆斯壯導師前幾天說我合格了，因此應該已經能充分運用在實戰中。

就我個人而言，還是希望平常用不到這些，可以只靠其他遠距離魔法解決一切。

應該說，我實在不想遇到得用這些招式才能戰鬥的敵人。

至於和我一起接受導師指導的露易絲，也成功學會了「身體能力強化」、「高速飛翔」、「魔導機動甲胄」與「冥想」等四種魔法。

受到魔力大幅提升的影響，原本只能讓魔力在體內循環的她，似乎順利學會了魔法。

此外，她學會的「冥想」，是她原創的魔法。

這是一種透過冥想治療自己的傷口，連我和阿姆斯壯導師都學不會，非常特殊的魔法。

雖然很遺憾無法用來治療別人，但因為能夠治癒自己的傷口，所以在戰鬥時應該非常有用。

即使從隊伍的角度來看，光是在同時出現複數傷者時，有成員能夠自己設法療傷，就能讓人輕鬆許多。

基於以上的來龍去脈，我們三人舉行了模擬戰鬥訓練，作為今天的收尾。

不對，還是說得精確一點比較好。

在這兩年半中，我們三人幾乎每天都以訓練的名義，在王都郊外的荒野進行模擬戰鬥。

只要戰鬥到極限並消耗龐大的魔力，就能讓魔力量增加，其他訓練只要等模擬戰鬥結束後再進行就好。

唯一的失算，大概就是被軍方的大人物說了「因為會弄壞軍隊的練兵場，所以希望你們能在沒人的地方進行訓練」吧？

不過因為這塊大陸多的是沒人的土地，所以完全不構成問題。

事情就是這樣，雖然我們並不缺練習場所，但是問題在於負責帶頭的阿姆斯壯導師異常地有幹勁。

畢竟阿姆斯壯導師的魔法非常脫離常軌。

他能輕鬆揮舞用魔力變得像鐵鎚一樣的超巨大法杖，雖說是隔著魔導甲冑，但他居然能空手毆打魔物，抓著魔物的尾巴將對方扔出去，或甚至直接劈開吐息。

當然無論他想把這些東西教給誰，都沒有人能學得會。

即使勉強將這些招式教給其他魔法師，也只會給別人添麻煩。

若是只有一般魔力的魔法師，魔力一定馬上就會用盡。

基於這樣的理由，他一直都是在獨自鑽研，就在這時候，雖然魔力量很多但當時還無法使用魔法、曾在老家的道場修行過魔鬥流的露易絲，以及魔力比導師還高的我出現了。

為了配合對這項事實感到狂喜的他，這兩年半來，我和露易絲幾乎是每天都在陪他進行嚴苛的修行。

不過，這也只到今天為止。

明天，我們隊伍裡生日最晚的伊娜就滿十五歲了，我們終於能以冒險者的身分展開活動了。

於是我們今天和阿姆斯壯導師進行了最後的模擬戰鬥。

姑且不論因為全力奮戰而腦中充滿腎上腺素的阿姆斯壯導師，即使才過了幾分鐘，我和露易絲已經開始受不了因為魔力急速消耗而產生的疲憊感了。

「漂亮的一擊啊……」

「威爾。實際上，我再攻擊一次就是極限了。」

「那就殺了他吧。」

「咦！」

「不是啦，我的意思是得抱著這樣的心態攻擊才行。」

在王都郊外的荒野上空，我和露易絲浮在空中與阿姆斯壯導師對峙。

由於我們每個人都使出了渾身解數，因此三人中魔力量最低的露易絲，已經差不多快到極限了。

既然如此，就只能抱著殺掉導師的打算，一口氣投入自己剩下的所有魔力才行。

我個人並不恨導師。

雖然是個在許多方面都亂七八糟的人，但他不是壞人，我也受過他許多照顧。

拜魔法格鬥技的修行所賜，我原本的身體能力也有所提升，應該不會再像以前的武藝大會那樣，在第一戰就難看地輸掉。

只是因為我沒打算參加第二次，所以也沒辦法確認。

「導師指導了我們兩年半。這時候還是全力打倒他，才能報答他的恩情。」

不如說如果不像這樣使出全力，根本就無法擊倒導師。

畢竟他在從露易絲那裡學會更有效率的動作和技巧後，可是變得比以前更強了。

而且阿姆斯壯導師的魔力，也在和我進行容量配合後增加了，變成一個愈來愈棘手的強敵。

「這都是為了報答導師的恩情！」

「（真心話呢？）」

「（居然讓我們過這種生活過了兩年半，我們既不是軍隊的新兵！也不是道場的新弟子啊！我要利用這個機會，趁亂打倒他！）」

儘管有讓我們變強的恩情，但由於內容全都是採取實戰形式，嚴苛的野外戰鬥訓練，因此果然還是累積了不少怨恨。

「（如果說我沒有怨言，那一定是騙人的！笨蛋！笨蛋！）」

「（威爾，我們已經不是小孩子了……）」

每天午餐都要在野外找食物，我又不是什麼陸軍的突擊隊！

「那露易絲覺得如何？」

「我也覺得滿辛苦的。」

連從小就在修行魔鬥流的露易絲都說辛苦，內在原本是現代人的我，當然更是苦不堪言。

別小看內心就像豆芽菜般軟弱的前現代人啊。

「露易絲的魔力，比我和導師少吧。」

這表示她必須一面節約魔力，一面與導師的力量對抗。

「這部分還勉強沒問題。倒是威爾的狀況怎麼樣？」

「只要能忍耐這股疲憊感，應該還能撐個幾分鐘。」

「你最近愈來愈像怪物了。」

「這句話，去對前面那個人說吧。而且露易絲還不是一樣……」

實際上，經過這兩年半的修行，如果只看魔力量，那露易絲已經提升到接近上級的程度。

這是因為在和我進行容量配合後，她的魔力量也提升了。

雖然能用的魔法不多，但現在的她，或許能獨自將龍給打飛也不一定。

她的魔鬥流，原本就有師傅水準的實力。

比起使用豐沛的魔力，來提升攻擊力與防禦力的我和導師，露易絲能在更有技巧與效率的情況下戰鬥。

「威爾連續發射『高集束魔力彈』牽制。然後我再使出全力的一擊來收尾怎麼樣？」

「這應該是最安全又確實的作戰。」

學會「魔導機動甲冑」的魔法，全身包著一層薄薄的鎧甲的露易絲向我提出這個作戰計畫。

在我們三個人當中，她的「魔導機動甲冑」是最薄且防禦力最低的。

雖然一部分是因為魔力量的關係，不過主要還是因為她的身體能力和動態視力都非常優秀，基本上是以迴避來應對敵人的攻擊，所以「魔導機動甲冑」只是最後的防禦手段。

魔力最多的是我，再來是導師，最後才是露易絲。

至於格鬥戰的戰鬥能力，則是露易絲最強，再來是阿姆斯壯導師，最後才是我，所以露易絲的提案可說是當然的選擇。

「以我的魔力，要長時間使用『魔導機動甲冑』實在太困難了。」

「那麼，就快點解決吧。」

「發射幾個特大的『高集束魔力彈』吧。」

「了解。」

即使讓我和阿姆斯壯導師進行近身戰，也只會因為經驗差距陷入不力，所以我透過從遠方發射高集束魔力彈，來限制他的行動。

以前驅逐古雷德古蘭多時，阿姆斯壯導師曾經發射蛇形的風系統高集束魔法。

我個人是無法理解為何要特地弄成蛇的形狀，不過魔法的形象只要和本人契合，效果就會大幅提升。

因此那個蛇形的「高集束魔力彈」，應該和導師很合吧。

至於我的「高集束魔力彈」，或許是受到前世的影響，就只是普通地將魔法壓縮成砲彈的形狀。

我同時生出好幾十發的魔力彈，再接連射向阿姆斯壯導師。

如果是這種魔法，那我的實力不會輸給導師。

「喔喔！還是一樣毫不留情的攻擊呢！」

嘴巴上雖然這麼講，但阿姆斯壯導師仍像趕蒼蠅般，用雙手接連彈開我的魔法。

被彈開的「高集束魔力彈」掉到荒野上，讓這一帶像曾經發生過戰爭般變得坑坑洞洞。

不過目前應該是不會有人抱怨。

據說這塊荒野之後會被開墾。

即使土地事先被翻過，也不會造成問題。

「這魔力還是一樣讓人感覺不到極限呢！」

儘管我已經不曉得自己射了幾百發，但阿姆斯壯導師仍從容地持續用手彈開我的「高集束魔力彈」。

「（這個人真的超過四十歲了嗎？）」

就像是在呼應至今仍在持續成長的魔力，這個人怪物般的戰鬥能力也在持續進化。

這個世界上真的有人殺得了他嗎？

就算是我，魔力也開始逐漸見底了，不過在魔力量方面，果然還是我略勝一籌。

只要仔細看，就能發現阿姆斯壯導師的「魔導機動甲冑」正持續出現裂痕。

看來他的魔力終於快到極限了。

然後，露易絲終於行動了。

「嘿咿！」

那招似乎沒有特別的名稱。

不如說就算喊出招式名稱也只是浪費時間，所以我在這個世界還沒見過那種武術家。

露易絲跟上了導師的動作，並且掌握只有一瞬間的破綻繞進他的死角，使出一記灌注全身魔力的踢擊。

阿姆斯壯導師的「魔導機動甲冑」在被踢中後碎裂，他也直接被彈到地面。

伴隨著誇張的沙塵和巨響，他的墜落地點出現一個大坑。

「可惜，魔力耗盡了。」

如果是普通人，很可能早就已經死了，但即使破壞了「魔導機動甲冑」，阿姆斯壯導師依然還有強力的身體能力魔法，因此這點程度的衝擊，對他來說根本不算什麼。

他拍掉長袍上的灰塵，朝我們大喊：

「果然二對一還是太不利了。」

「我想也是……」

即使如此，我們兩人還是必須聯手才打得贏他。

這證明了這個人究竟有多麼像怪物。

反倒是發動攻擊的我們，感覺隨時都會因為疲勞與倦意倒下。

看來我今天在短時間內，還是使用了太多的魔力。

「合格了。不過無論少年還是在下，都還必須繼續鍛鍊魔力。期待下次能夠再戰。」

這兩年半，我和阿姆斯壯導師都致力於增加自己的魔力量，但果然還是沒到極限。

我現在才十五歲，正常的魔法師直到二十歲前，魔力量都還有大幅成長的空間。

然而，導師是魔力仍在持續增加的稀有案例。

說不定他將來還有可能因為魔力失控，變成凶惡魔物呢。

當然，這只是個小玩笑。

「在下會好好看著你們成為了不起的冒險者。」

雖然覺得不看也無所謂，但總之我和露易絲總算能夠逃離這些嚴苛的訓練，這讓我們露出放心的表情。

不過，真的好想睡啊……

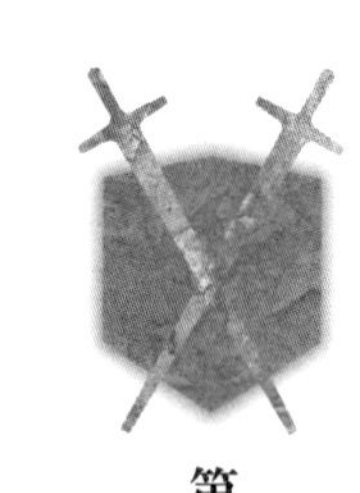

第七話 冒險者登錄

「那麼，既然我們都已經滿十五歲並正式成為大人，終於能以冒險者的身分踏出一步了。」

明明都已經就讀布雷希柏格的冒險者預備校了，結果在暑假前往王都參加埃里希哥哥的婚禮後，不知為何就再也回不去了。

其實我因為擔心房子的狀況，還是會定期透過「瞬間移動」返回布雷希柏格，不過我完全沒去預備校那邊露臉，就這樣在莫名其妙的狀況下畢業了，

雖然就某方面來說，也能算是運氣好，但做為代價，我經歷了長達兩年半，比預備校還要嚴苛的訓練。

艾爾在近衛騎士團的中隊長，瓦倫先生那裡接受劍術和實戰的指導。

伊娜也一樣在隸屬近衛騎士團的槍術高手那裡，接受槍術和實戰的指導。

至於我和露易絲，在某種意義上或許算是抽到了下下籤。

對方明明是王宮首席魔導師，但除了每星期一天的休息日以外，我們幾乎每天都透過實戰的形式，和阿姆斯壯導師進行嚴厲的修行。

我和露易絲在腦中想著「不過這個人幾乎沒去王宮露臉，真虧他還沒被開除呢」，同時施展他

擅長的「身體能力強化」、「高速飛翔」以及「魔導機動甲冑」的魔法，開始進行宛如前世看過的格鬥漫畫的戰鬥場景般的訓練。

而且因為負責指導的阿姆斯壯導師，也打算利用我來提升自己的魔力，所以更是惡質。

這也是讓我覺得這個外表都是肌肉的大叔，或許其實強到從他平常的言行完全無法想像的程度的原因之一。

雖然我們彼此的魔力量都還沒到達極限，之後也將持續修行，但現在還是要先進行冒險者登錄。

若想成為冒險者，首先必須去冒險者公會進行登錄。

不能擅自自稱冒險者，在裝備武器和防具後就跑去打獵或探索。

話雖如此，其實這方面的管理也有很多略顯鬆懈的部分。

例如就算農民到居住村子附近的森林打獵，再把成果帶去城裡的市集賣，也不會被懲罰。

我七歲時，就曾經只靠商業公會的許可證，在布雷希柏格做這種事情。

雖然布雷希柏格的冒險者預備校會頒發臨時許可證，但就算沒有那種東西，只要別跑進魔物的領域就不會有問題。

大概是因為既沒有做表面工夫，也沒有嚴厲取締的餘裕吧。

而且由於魔物領域的存在以及人口持續增加，這塊大陸並沒有餘力發展畜牧業。

靠狩獵獲得的獵物是貴重的蛋白質來源，所以公會也盡可能不想妨礙人們販賣吧。

這似乎才是真相。

「不過，在王都的冒險者公會總部登錄真的沒關係嗎？」

我向隨行的布蘭塔克先生問道。

我們姑且算是從布雷希柏格的冒險者預備校畢業，所以當然會覺得是不是去布雷希柏格分部登錄比較好。

「在哪裡登錄都沒差啦。」

雖然布蘭塔克先生這麼回答，但他似乎曾因為我們的事情，被夾在雇主布雷希洛德藩侯與王都的貴族們之間，吃了不少苦頭。

不曉得現在是不是已經完全放棄了，我從他身上完全感覺不到任何壓力。

「等回布雷希柏格時，再向那邊的分部報告就好。這麼一來，布雷希柏格分部就會知道你們打算將布雷希柏格當成活動據點了。」

「是這樣嗎？」

「就是這樣。好了，去登錄吧。」

我們和幫忙帶路的布蘭塔克先生一同走進公會總部，但裡面簡直就像是政府機關一樣。

那裡的櫃檯坐著大約十個年輕女性，對看起來像是冒險者的人們做各種說明、受理文件，或是反過來將某種文件交給他們，簡直就像是政府機關的櫃檯。

「下一位請。」

由於所有櫃檯都有人，因此稍微排隊等了一下才輪到我們。

「我們想進行新冒險者和隊伍的登錄。」

「我知道了。」

櫃檯的年輕金髮姊姊，在看過我帶來的文件後，似乎被內容嚇了一跳。

這是因為我在打倒了兩隻龍後，變得相當有名。

「收到各位的冒險者登錄表了。現在立刻為您確認記載事項。另外，新隊伍的成員是五個人吧。」

「是的。」

其實原本是打算由我、艾爾、伊娜和露易絲這四個人組隊，但因為種種無法迴避的理由，導致隊伍成員增加到五個人。

「那個……艾莉絲大人也要加入嗎？」

即使是公會的櫃檯小姐，在發現被世間稱做「霍恩海姆家的聖女」的艾莉絲要進行冒險者登錄時，還是難掩驚訝。

聖職者登錄為冒險者本身並不是什麼稀奇事，所以應該不會構成問題。

「是的。身為威德林大人的未婚妻，我決定要和他一起成為冒險者。」

艾莉絲真的是個好女孩，所以這句話應該毫無虛假。

她真的只是想以未婚妻的身分，和我在一起而已。

在這兩年半裡，我和艾莉絲至少一個星期會約會一次。

由於其他時間都在和阿姆斯壯導師修行，因此除了伊娜和露易絲這兩個特例，我也沒什麼機會和艾莉絲以外的女性說話。

王都的漂亮女性很多，坦白講我也覺得有點遺憾，不過要是我一個人隨便出門，會產生許多麻煩。

貴族會想將女兒介紹給我，商人和平民則是想先當我的女僕，再進一步成為我的妾。

此外還有很多為了自己的利益想加入我的派系的貴族，或是不請自來的家臣。

結果為了確保我假日的安寧，我只能拜託霍恩海姆樞機主教，以及埃里希哥哥和他上層的財務體系的貴族幫忙。

唉，就某方面而言，一切都按照阿姆斯壯導師的計畫在走。

不僅能讓我把時間花在同時能夠鍛鍊他的訓練上，還能不讓其他女性接近我。

剩下的假日，我一整天都和艾莉絲在一起。

因為我們住在一起，平日的早上和晚上也都會見面並讓她幫我準備餐點，所以現在生活中的某些部分，已經是完全在依賴她了。

其他空閒的時間，我也都是和伊娜或露易絲在一起。

之前埃里希哥哥也曾提過，其他貴族因受到財務體系的名譽貴族和導師的妨礙而非常悔恨。

『我今晚想招待屠龍英雄大人參加我的園遊會……』

『鮑麥斯特男爵今晚很忙！因為他受邀去未婚妻的老家霍恩海姆子爵家用晚餐！』

那個肌肉導師，似乎也沒疏於調整這方面的行程。

和外表不同，那個肌肉導師也有這種令人不敢輕忽的部分。

「呃，隊伍名稱是『屠龍者』嗎？」

櫃檯的小姐在看了我一眼後，以冷靜的聲音確認隊伍名稱。

在冒險者當中，有很多鄉下人或窮人是打算藉由這個職業快速致富或出人頭地。

因此取這種誇張的隊伍名稱的人也很多，經常招來櫃檯人員或周遭同行的冷笑。

不過我已經殺死了兩頭龍，所以櫃檯的小姐並不覺得這名稱有哪裡奇怪。

這種冷靜的對應，讓我覺得和政府官員很像。

「關於成員的部分，隊長應該是威德林大人吧？」

在這兩年半中，我長高到約一百七十五公分，我的身材中等，長相也算不差，考慮到我的老家是那個土爆了的鮑麥斯特家，我這樣應該算是很不錯了。

順帶一提，這在這個世界算是平均身高。

雖然我身上裝備著師傅留給我的昂貴長袍與法杖，但因為師傅比我高十公分左右，所以最後我不得不把長袍拿去防具店修改。

我還記得當時防具店的老闆一直纏著我把這些東西賣他。

這長袍似乎是用不死鳥的羽毛與水屬性幼龍的胎毛等貴重的素材編織而成，所以能大幅削弱魔物使用魔力發出的攻擊。

因為老闆說「就算只是修改時多出來的碎布也好」，所以我就答應了，沒想到老闆不僅不收我修改的錢，還反過來給我五枚金板。

就算只是碎布，只要貼在防具的內側，就能大幅提升魔法防禦力的樣子。

『即使只是碎布也好，若有其他素材，還請不吝惠顧本店。』

『有的話啦……』

我再次確認了師傅有多厲害。

「再來是艾爾文先生。」

「喔。」

艾爾在得到好老師後，變成了劍術高手。

雖然以我的劍術水準，無法評估他究竟強到什麼程度，但似乎就連教導他劍術的瓦倫先生，都曾對他說過「我可以幫你推薦，要不要加入普通的騎士團」之類的話。

由於在制度上無法一開始就加入近衛騎士團，因此必須先在普通的騎士團累積經驗，再透過推薦加入近衛騎士團。

艾爾被推薦了這條能夠讓他出人頭地的道路。

『感謝你的好意，不過我是鮑麥斯特男爵家的侍從長。』

『沒關係，我本來就不太認為你會答應。但真是可惜呢。』

艾爾似乎拒絕了瓦倫先生的邀約。

這兩年半來，他長高到約一百八十公分，身材雖然偏瘦，但還是有肌肉，並裝備著施過輕量化魔法的全身鎧甲與雙手大劍。

此外他背上還背著一面同樣施過輕量化魔法的圓盾，並插了一把普通的長劍在腰際備用。艾爾似乎能根據狀況，分別使用雙手劍和單手劍。

感覺我一輩子都無法學會那麼靈活的技巧。

「再來是伊娜小姐。」

在這兩年半裡，伊娜那頭火焰般的紅髮也變得更加顯眼，成長為身材像獵豹那樣靈巧優雅的美女。

雖然身高比我矮了約五公分，但她身上的氛圍讓人完全感覺不到這點。

武器主要是使用長槍，腰上也裝備了兩把備用的短劍。

在失去長槍時，她似乎會改用雙刀戰鬥。

平常也會抽空接受劍術的指導。

伊娜的防具，主要是施過輕量化魔法的半身鎧，裝備不像艾爾那麼沉重。這是因為她的戰鬥方式比較重視機動性。

「露易絲小姐。」

「有──！」

和我一樣成為阿姆斯壯導師犧牲者的露易絲，雖然有長高到約一百五十公分，但身材還是一樣像個小孩子。

儘管本人曾發下「其實我的胸部意外地大」的豪語，但每個見過她的人都不這麼認為。

雖然不能說是沒有，但感覺只有一點點。

不過這件事絕對不能說出口。

在不遠的位子上，藏了一個翻著白眼顫抖的冒險者，我可不想變得和他一樣。

那個冒險者在嘲笑她的外表前，明明還很有精神。不過就在所有人的視線從他身上移開的一瞬間，不曉得發生了什麼事情，讓他變成現在這樣。

這就是所謂的禍從口出。

坦白講，要是被她消除自己的氣息展開偷襲，無論我還是阿姆斯壯導師，都會在發動魔法前被擊敗。

這樣的她，穿著用能夠防禦魔法的優秀素材做成的道服，並在雙手套上手甲，一看就知道是個武術家。

明明裝備的品質也隨著本人的實力獲得提升，外表看起來卻沒什麼變化，這句話千萬不能在她本人面前說。

「最後是艾莉絲小姐。」

櫃檯小姐在看過我的申請書後，似乎已不再覺得艾莉絲加入我的隊伍有什麼不自然的地方。艾莉絲的手續也很快就完成了。

在這兩年裡，艾莉絲的身高也成長到約一百六十公分，變成與聖女這個稱號相符的美女。

特別值得一提的，果然還是她的胸部。

明明十三歲時目測就已經有F罩杯，現在不管怎麼看至少都已經成長到G罩杯。

艾莉絲的裝備，是她爺爺霍恩海姆樞機主教送她的具備魔法防禦力的修道服，由於重視實用性，因此設計得非常樸素。不過因為艾莉絲的胸部實在太大，所以結果必須特別訂製，最後成了特別強調胸部的設計。

她的身材厲害到要是被我前世那些模特兒或寫真偶像看見，搞不好會嚇得臉色蒼白的程度。

使用的武器則是權杖和刀。

雖然從外表看不太出來，但艾莉絲意外地有力氣，而且她還曾透過教會從聖堂騎士團那裡學會使用武器的方法，比一般的新手冒險者要強多了。

至少她應該有辦法自己保護自己。

否則我也不會答應讓她加入隊伍。

而且剛才提到的聖堂騎士團，簡單來講就是為了守護教會而組織的警備隊。

由於不隸屬於王國，所以正式來說不算騎士團，應該被稱做私人警備隊，不過基於守護對象是被指定為國教並具備權威的教會這個理由，騎士團這個稱呼才會受到默認。

另一個理由，就是因為這也能成為貴族子弟的主要就職場所。

「隊伍成員是以上這五位。這樣登錄就完成了。」

櫃檯小姐沒兩三下就輕易地把書面手續辦完了。

這裡是公會總部，每天都會產生許多新出道的冒險者或新組成的隊伍。

所以沒辦法在每件申請上花太多時間。

「詳細的規定，請參考這本小冊子。」

最後她在按照人數分發小冊子給我們後，就讓我們離開了。

「這登錄程序還真簡單。」

完成登錄後，我們到公會總部附近的咖啡廳喝茶，順便翻閱小冊子。

伊娜露出像是在說「難得成為冒險者，就算程序再複雜一點也無所謂吧」的表情。

「總比在櫃檯那裡接受漫長的說明要好吧。」

「是這樣沒錯啦……」

由於我們事前就接受過相關教育，因此冊子上記載的規則都是我們早就知道的東西。

大部分都是些正常生活時，必須遵守的基本常識。

例如不能妨礙其他冒險者、不能殺人奪取財物、不能給工作時經過的城鎮或村落添麻煩，或是不能犯罪之類的。

考慮到冒險者的工作性質，無論如何都會聚集許多老練的人才，所以內容大多是些為了預防萬一才記載的事項。

此外冒險者這種職業，就像是用來吸收在這個沒有戰爭的時代出生的年輕人們的不滿的裝置，因此難以避免地會聚集許多亂來的人。

「再來是等級制度。」

雖說是等級制度，但並不會像我前世閱讀的那些網路小說一樣，將冒險者區分為S到F的等級。只是會在公會發給個人或隊伍的冒險者卡片上，記載成功的委託數、失敗的委託數，以及合計的報酬而已。

「就某方面來說，還真是恐怖的制度。」

冒險者的工作，大多是在沒人的地方進行狩獵或採集。

實力堅強的冒險者或隊伍，通常會進入報酬相對較為豐厚的魔物領域，這是因為在那裡能狩獵到可做為昂貴素材的魔物，或是取得貴重的採集物。

雖然公會偶爾也會緊急募集存量不夠的素材，但冒險者基本上都是在符合自己實力的場所進行狩獵或採集，再請公會採購那些成果。

卡片上還記載了打倒的動物或魔物的種類與數量，以及獲得的報酬總額。

「冒險者的價值，就在於能獵到多少東西。」

露易絲說得沒錯，實際上根本就沒有冒險者會像我前世的遊戲那樣，接受各種複雜的委託。

例如幫忙找狗、修理屋頂，或是照顧小孩子之類的。

這種工作，就算不用找冒險者，也有很多人能做。

不如說這些工作都有專屬的公會，如果想做這類型的工作，只要去那些公會登錄就行了。

例如帶狗散步，可以去找雖然規模不大，但確實存在的寵物相關公會，修理屋頂可以找木匠公會，照顧小孩可以去找專門派遣女僕的公會中的保母部門。

要是冒險者對這些工作出手，反而會惹惱那些人。

「再來就是探索被封印的遺跡吧。」

唯一的例外，大概就是探索古代魔法文明時代的建築物或迷宮吧。

這些東西大多位於魔物居住的領域，其中某些遺跡設有棘手的陷阱，或是有強悍的魔物在附近徘徊，因此基於王國的判斷，平常是被禁止進入的。

儘管偶爾能找到沒被發現過的遺跡，但要是太過興奮而在毫無準備的情況下進入，往往會就這樣一去不回。

「關於封印遺跡的情形，通常是由王國向公會提出探索委託，公會再委託給適任的冒險者隊伍……」

「換句話說，如果想受理遺跡探索的委託，就必須先狩獵許多強悍的魔物累積實績囉？」

「艾爾小子說得沒錯。不過你們的狀況有點不同。」

陪我們一起喝咖啡的布蘭塔克先生，邊說邊拿出一張紙。

上面大大地寫著「王國強制委託」這幾個字。

「王國強制委託？該不會……」

「就是那個『該不會』。王國指名你們負責探索某個遺跡。」

「那種事，一般應該是交給專家吧？」

「一般來說是這樣啦……」

今天早上才剛做好冒險者登錄和組成隊伍的新手，居然立刻就被王國指名為探索危險封印遺跡的隊伍。正常來講，根本不可能會有人做出這種愚蠢的決定。

「我以為我們會先正常地從在附近慢慢狩獵開始耶？」

「其實艾爾小子的意見也沒錯啦……」

由於不是自己的命令，布蘭塔克先生畏縮地回答艾爾的問題。

「這是因為小子已經打倒過兩頭龍了。」

話雖如此，這也不能構成將剛成為冒險者的我們，突然就扔進封印遺跡的理由。

即使我的魔法殺得死龍，也不能保證那種威力強大的魔法能無條件在遺跡內使用，而且雖然我們個別在這兩年半中辛苦鍛鍊過，但接下來才剛要開始熟悉需要默契的團體戰。

「布蘭塔克先生，我記得新手冒險者都會有一個監護人吧。」

伊娜確認般的問道。

這是因為冒險者的死傷相對集中在初期階段，所創設的制度。

在新隊伍前往附近的魔物棲息地狩獵時，會有經驗豐富的隊伍或冒險者，以指導者的身分同行。等像這樣完成三次任務後，就換這些冒險者在公會的指示下，成為下一批新人的指導者與他們一起狩獵。

公會似乎就是透過這種方式，盡可能防止冒險者在初期喪命。

不過即使如此，新手的死傷率還是很高，不管在哪個業界，都是剛開始習慣時最危險。

「當然，也會有指導者與我們同行吧。」

「嗯，而且還是經驗豐富的冒險者。」

「咦？那該不會是？」

「就跟你想的一樣。雖然我們應該差不多快厭倦彼此了。」

和露易絲擔心的一樣，在不知不覺間，我們的指導者已經決定是布蘭塔克先生了。

明明早就從冒險者這行退休的布蘭塔克先生，在知道這件事時應該也很驚訝，我們也沒特別說什麼，靜靜地為出發做準備。

「要是覺得無法應付就逃跑吧。」

「這個判斷是正確的。」

「咦！這樣沒關係嗎？」

「笨蛋！死掉的冒險者可是一分錢也賺不到！覺得不行時就該立刻撤退，這可是基本啊！」

艾爾一問「可以逃跑嗎」，布蘭塔克先生就怒吼著回答。

既然一開始就突然把這種困難的委託強制丟給我們的是王國和公會，那我們也沒義務為了迎合他們而失去生命。

第八話　危險的冒險者出道戰

「布蘭塔克先生，我記得這個遺跡……」

「沒錯，學院已經對這個遺跡做過學術調查了。」

從王都使用「瞬間移動」後，又徒步走了半天。

我們這支新冒險者部隊「屠龍者」和布蘭塔克先生，來到了位於幾年前討伐古雷德古蘭多的帕爾肯亞草原內的古代遺跡。

在這兩年半裡，帕爾肯亞草原因為大規模的開墾作業，聚集了許多人潮。此外道路、城鎮與農村的整備也在進行中，造成的經濟效益無可計數。

這個古代遺跡，就位於帕爾肯亞草原相對比較靠近王都的場所。

這座遺跡的外表看起來，像是由數個已經稍微風化的石造建築物構成的神殿。

「這座遺跡上面的部分，已經快變成觀光景點了。」

布蘭塔克先生明明說已經厭倦我們了，卻還是親切地回答艾莉絲的問題。

仔細一看，他的視線偶爾會往艾莉絲的胸部飄，果然女孩子的重點還是在胸部啊。

這點我也不否定。

儘管我不希望別人盯著自己未婚妻的胸部看，但反正又不是很露骨地看，我自己如果遇到胸部大的女性，也一樣會往那邊瞄。

同樣身為男性，抱怨這種事情也沒什麼意思。

「如果是這座遺跡，那之前我的朋友也有被派來這裡做學術調查。」

「這座遺跡，算是新人必經的道路。」

雖然這裡以前是安全到王都的考古學專門學校的學生，會來這裡遠足和寫報告的遺跡，不過某個學生隨手摸了一下遺跡的石頭後，突然開啟了通往地下遺跡的入口。

由於姑且有條「禁止觸碰遺跡」的規定，因此那位學生也算是違反了規則。

不過也可以說是託他的福，才能夠打開通往地下遺跡的道路，所以最後那位學生既沒有被處罰，也沒有獲得獎賞。

「從那時候開始，遺跡就變得像你看見的這樣了。」

因為不能保證不會有魔物從開啟的入口裡跑出來，所以現在有好幾名士兵，以那個入口為中心展開警備。

「當然冒險者公會，馬上就把聯絡得到的隊伍送進去了。」

一開始是派兩支在公會內算是實力非常堅強的隊伍一起合作，合計十一個人進去。

「那個……他們都沒有回來嗎？」

「不然你們也不會被強制派來這裡了。」

「……」

雖然布蘭塔克先生說得沒錯，但包含我在內的所有隊伍成員們，在感情方面當然是完全不能接受。

既然是這麼危險的遺跡，那應該派經驗更豐富的冒險者進去才對。

「可惜冒險者公會沒在一開始失敗時就學到教訓。」

站在冒險者公會的立場，他們似乎很怕王國會派阿姆斯壯導師過來。

根據布蘭塔克先生的說明，即使王國沒這麼做，光是兩年前那兩頭龍都不是被冒險者打倒這件事，就已經夠傷害他們的自尊了。

「可是，導師以前也是冒險者……」

「現在不是啦。順帶一提，我也是前冒險者。」

而且在對付第二隻的古雷德古蘭多時，我不僅是以貴族身分參加，還只是個就讀布雷希柏格的冒險者預備校的菜鳥實習冒險者，這部分似乎也帶給公會很大的刺激。

話雖如此，他們也不能因為這件事情得罪我，所以之後他們又硬是派了第二支經驗老到的聯合隊伍進去，並重複了相同的失敗。

「因為一開始已經失敗過一次，所以第二次又送了成績更好的隊伍進去。」

三支隊伍一起合作，合計十四人。

而且好像都是成績頂尖的隊伍。

「該不會？」

「聽說完全沒有人回來。」

事到如今，他們也不敢再冒可能損失老練冒險者的風險了。

冒險者公會，向王國提出了無法探索的回答。

接受這個回答的王國派遣士兵在這裡警戒了好幾個星期，避免有人進入遺跡。

「居然派生手到這麼危險的地下遺跡……」

「這決定也不能說完全算錯。」

沒回來的冒險者隊伍，據說在公會內擁有首屈一指的戰鬥能力。

既然這麼多人都一去不回，自然會做出裡面可能有那種魔物的結論。

「至少也是超過幼龍階段的龍。」

如果想打倒龍，至少也要有一名擁有中級以上魔力的魔法師，其他成員也必須要有相當的戰鬥力。

「那兩支聯合部隊，都沒有中級以上的魔法師。」

由於出現率的關係，魔法師的人數並沒有那麼多，普通人似乎一輩子都遇不到幾個。

據布蘭塔克先生所言，按照常理，根本就不可能有隊伍像我們這麼幸運，同時有我、露易絲和艾莉絲三名魔法師。

「他們認為即使有龍出現，這支隊伍也能輕鬆地應付。」

再加上還有布蘭塔克先生隨行，更是加深了他們的信心。

不過由於阿姆斯壯導師不在，讓我感到有點不安。

雖然他平常是那個樣子，但戰鬥力可是王國第一。

「是我們家的領主大人和陛下，一起決定由我擔任你們的指導者。我畢竟是受僱之身，所以也沒辦法說什麼。」

他們似乎很怕發生讓不熟悉的自稱老練冒險者與我們這些新人同行，結果連我們也一去不回的狀況。

於是兩人商量了一下後，便臨時決定讓布蘭塔克先生重回第一線。

當然，公會不可能樂見這種狀況。

因為侵害了他們的裁量權，所以這也是理所當然。

「我可沒理由被公會那些高層討厭喔。只是他們好像單方面地討厭我。」

當過冒險者很久的布蘭塔克先生，在第一線的人員當中有許多知己。

即使拜師的時間不長，也有許多魔法師曾經接受過他的指導。

此外也有些幹部的感情和他很好，這就是他的情報來源。

不過布蘭塔克先生和目前的主流派幹部之間的關係，似乎非常惡劣。

據說是因為他們擅自擔心布蘭塔克先生退休後，會搶走幹部的位子，所以才拚命想將他趕出公會。

「就是因為高層都是那種傢伙，我才不擅長應付王都的公會總部。不過非主流派和其他分部的傢伙就不是這樣了。」

正好在那個時候，傳來我的師傅不幸去世的消息，覺得這也是命運的布蘭塔克先生，就這樣成了布雷希洛德藩侯的專屬魔法師。

「讓那些傢伙掌管公會沒問題嗎？」

「對正常在魔物棲息領域狩獵的人來說，應該是沒什麼問題。」

相對地，一旦發生像這次這樣的緊急狀況，就會開始出紕漏。

簡單來講，就是官員心態。

和年輕的新人時期不同，在冒險者公會當上幹部的那些人，因為有了不想失去的東西而變得保守。

冒險者公會本身就相當於我前世的大企業，所以簡單來講就是這麼一回事。

「就算繼續說下去，對事情也沒什麼幫助……」

「說得也是，我們進去吧。」

儘管覺得有點沒道理，但也不能因此就敷衍了事。

我們將陛下頒發的命令書，出示給在地下遺跡的入口戒備的士兵們看，然後直接走進地下遺跡。

「應該沒有魔物吧？威爾的『探測』有感應到什麼嗎？」

「不，連弱小的魔物都沒有。」

雖然我們六人一起進入了地下迷宮，但實際進來後別說是陷阱，就連一隻魔物都沒有。

伊娜問我探測魔法的結果，不過我甚至連魔物的氣息都感覺不到。

光是依序在石造的迷宮內移動，就能製作地圖。

「有陷阱嗎？」

「沒有。」

「是嗎，沒有啊……」

或許是沒預料到這個情形，就連布蘭塔克先生都無法理解為何冒險者們會在這座地下迷宮失蹤。

「前面有個廣場。」

「廣場？」

走了約三十分鐘後，在陰暗的地下遺跡持續前進的我們，幾乎沒轉過任何彎就來到一個廣大的空間。

「真寬廣呢。」

這個長寬約數百公尺，高度感覺有五十公尺的廣場，除了牆壁和地板都整齊地鋪了石頭以外，完全沒有其他東西。

「啊，可是……」

在我們之中視力最好的露易絲，似乎在深處發現了什麼。

我們往那裡走了一段路後，在最深處發現入口。看來這座地下遺跡果然幾乎是一路到底。

不過有個巨大的東西擋在入口前面。

「好大的金屬龍像呢。威德林大人。」

艾莉絲抬頭看向龍像，佩服地說道。

反倒是布蘭塔克先生的表情充滿了警戒。

「所有人退後。」

「布蘭塔克先生？」

「小子，準備戰鬥。」

布蘭塔克先生邊遠離龍像，邊以冷靜的聲音對我下達備戰命令。

「咦？可是這只是人工物……」

雖然我們都對此感到疑惑，但他的指示馬上就被證明是對的。

因為龍像突然發出咆哮。

「古代魔法文明的遺產，製造來防衛據點的金屬龍魔像啊。雖然我曾經看過相關的文獻記載，

但還是第一次看見實物。」

「喂，布蘭塔克先生，這狀況是不是很不妙啊？」

「嗯，畢竟這讓高水準的聯合部隊全滅了兩次。艾爾小子也早點做好覺悟吧。」

「這種出道戰實在太過分了。」

在所有人做好戰鬥準備的瞬間，龍魔像朝我們發射了強烈的吐息。

＊　＊　＊

「嗯——真令人困擾……」

戰鬥開始後過了約一小時，我們對完全陷入膠著狀態的戰況感到頭痛。

「因為那東西的外殼，全都是用祕銀做的。」

如布蘭塔克先生所言，這座龍魔像的外殼徹底被祕銀包覆，我們這邊的魔法完全無法發揮效果。

再加上它還會連續發射強烈的吐息，現在我們所有人正聚在一起，靠布蘭塔克先生的「魔法障壁」抵擋它的攻擊。

「雖然不論吐息，還是尾巴等部位的物理攻擊，都能靠威爾和布蘭塔克先生的『魔法障壁』防禦，但接下來該怎麼辦？」

露易絲說得沒錯，雖然我們這邊能徹底防禦龍魔像的攻擊，但也因此失去了攻擊的機會。

龍魔像似乎對我們沒死這件事感到非常不滿，發狂似的不斷用吐息和尾巴發動攻擊。

「不過真虧它能連續發出這麼多次吐息。」

「看來它裡面應該裝了超大的魔晶石。」

像是為了回應艾爾的疑問，布蘭塔克先生開始說明。

除了小型的翼龍種以外，只要是龍都能施展吐息。

而那些吐息的根源，似乎是龍所擁有的龐大魔力。

「即使是火屬性的龍，也沒辦法在體內儲存大量的可燃物質。若以人類來比喻，就像是擅長火屬性魔法的魔法師。」

只要魔力尚未用盡，就能持續發出吐息。

不過即使魔力用盡，龍只要休息兩天就能完全恢復。

「而那個龍魔像，就是利用龍身體的構造所打造出來的產物。」

「關鍵在於它體內的魔晶石吧。」

能夠儲存魔力的魔晶石，似乎是充當類似電池的功用。

「原來如此。」

「不過，那有辦法維持這麼久嗎？」

如果是活著的龍，只要休息就能恢復魔力。

不過那個龍魔像，到底是從哪裡恢復魔力的呢？

「大概是透過那個類似鏡子的奇怪裝置吧。」

仔細一看，龍魔像的額頭和耳朵的部分，以及脖子後方和背上的部分，都裝了類似太陽能板的東西。

「是用那個在收集空氣中的魔力吧。」

這似乎也有記載在文獻內。

雖然知道空氣中原本就漂浮著微量的魔力，但以現在的魔法技術，根本就沒有方法能收集。

因此那座龍魔像果然是古代魔法文明的遺產。

「不過只靠那麼微量的魔力，有辦法做到這樣嗎？」

「大概是沒預料到會連續出現入侵者吧。」

即使是古代的魔法文明，也不可能開發出能短時間填補龍魔像用掉的魔力的裝置。

畢竟空氣中的魔力量真的非常稀少。

「如果是用來應付每隔幾年才會來一次的入侵者，那這樣就很夠了。」

布蘭塔克先生說得沒錯，實際上由菁英組成的老練冒險者隊伍，也的確被龍魔像給全滅了。

若仔細觀察地面，就能發現到處都有被燒剩的裝備品的細小殘骸。

「不過怎麼會有這種吐息。如果是人類被擊中，可是連骨頭都會化成灰啊。」

「這樣除非隊伍裡有精通『魔法障壁』到一定程度的魔法師，否則連開戰都沒辦法呢。」

看來那些人似乎連骨頭都單方面地被吐息給燒成灰了。

「那麼，接下來該怎麼辦？」

「還能怎麼辦。只能輪流防禦它的吐息了。」

「是要等它耗盡魔力吧。」

「那還用說！面對這種怪物，就算正面迎戰也只是浪費力氣！」

幸好我和布蘭塔克先生的「魔法障壁」，能夠抵擋龍魔像的所有攻擊。

不過即使我們用魔法攻擊龍魔像，也只會被祕銀裝甲彈開，雖然之前有讓伊娜用透過魔法提升威力的長槍攻擊它一次，但就算長槍能夠刺穿祕銀裝甲，還是會被底下的另一層裝甲彈開。

根據布蘭塔克先生的推論，在祕銀裝甲底下，應該還有一層奧利哈鋼的裝甲。

祕銀與奧利哈鋼的複合裝甲啊。

如果這是前世看的機器人動畫的設定，或許我還會覺得有趣，不過一旦套在現實存在的敵人身上，就只是個大麻煩而已。

「不過，這還真是個棘手的最強戰術武器呢。」

即使如此，我們依然該慶幸這只是個戰術武器。

雖然既堅固又擁有最強等級的火力，但它收到的命令只限於阻止入侵者，儘管不曉得消耗的能量算不算多，但既然不容易補充，它應該過不久就會停止活動。

「話說，布蘭塔克先生。」

「什麼事？」

「這東西還能再動多久啊？」

「天曉得？我比你還想知道呢。」

「……」

在那之後過了約半天的時間，龍魔像總算停止行動。

「雖然已經停止行動，但還是要擔心它從空氣中吸收魔力重新啟動……」

「這應該是不用擔心啦。威爾。」

「為什麼？」

「你看，這東西的肚子底下有個開關。我把那個關掉了。」

「怎麼這樣，又不是玩具……」

耗費將近半天的時間，我和布蘭塔克先生持續用「魔法障壁」抵擋龍魔像的攻擊，最後它終於耗盡魔力停止活動了。

如果是前世的漫畫或小說，讀者們一定會抱怨這種沒什麼戰鬥的發展，但我們這邊可是實際賭上性命。

明明只是採取了確實又安全的方法，根本沒道理被人抱怨。

若想看那種壯烈的戰鬥，就只能交給阿姆斯壯導師了。

雖然我原本還在擔心龍魔像會透過收集空氣中的魔力重新啟動，但幸好露易絲在它肚子上發現了停止開關，所以暫時不必擔心這件事。

我們繞到龍魔像的背後，打開並走進它守護的門。

龍魔像守護的東西就在前方，這讓我感到非常在意。

「不會有問題吧？」

「儘管空氣中有無限的魔力，畢竟還是微量。要收集到足夠它重新啟動的量，至少也要好幾個星期。」

就算萬一那個開關是假的，龍魔像也要花上好一段時間才能重新啟動。

因為對我們這些出乎意料的敵人亂發吐息，它似乎一口氣用光了魔力，陷入停止狀態。

即使如此，它依然能夠全力攻擊半天，真的是個惡質的武器。

從散落在地的那些可憐犧牲者殘骸的量與狀態推測，這座遺跡應該有很長一段時間沒有人進出了。數千年以上都沒啟動過的龍魔像，應該儲存了非常充沛的魔力吧。

換句話說，決定生死的關鍵，就在於有沒有能夠持續展開「魔法障壁」，到讓龍魔像的魔力枯竭的魔法師。

如果只能防禦一兩次的吐息，最後也只是時間的問題，和完全無法防禦是一樣的。

「那麼，問題在於前面的那個房間……」

在廣場遇到能夠發出強烈吐息的龍魔像。

或許是成功讓它停止活動這點，讓我們稍微鬆懈了也不一定。

因為知道失蹤的冒險者們是在這裡全滅，所以才大意地以為前面應該沒有陷阱了。

「不曉得有沒有寶藏？」

「是因為雖然是人造品，但這裡有龍在守護嗎？」

甚至連艾爾，以及平常既認真又慎重的伊娜都沒什麼在警戒，我們就這樣打開了龍魔像後面的門。

在這個時候，他們兩人身上完全沒發生任何異常狀況這點，也反而讓狀況更加惡化。

「我說你們啊，裡面或許還有陷阱，給我慎重一點找！」

布蘭塔克先生也打開門，跟在兩人後面走進房間，再來是我和艾莉絲。

最後，露易絲也一面警戒後方，一面進入房間。

「咦？是死路？」

這個正方形房間的邊長大約有十公尺，是個無論天花板、牆壁或地板都由石頭打造而成、空無一物的房間。

「沒路了嗎？」

「……該不會……」

「那個，布蘭塔克先生？」

「快點離開這個房間！」

在悠哉地說這裡是死路的艾爾背後，布蘭塔克先生突然大聲喊道。

「到底發生什麼事了？」

「別管了，動作快！」

不過看來已經來不及了。

在房間的地板浮現出某種發著紅光的圓形圖案的同時，我們的腳底就像是被瞬間膠黏住般動彈不得。

這樣根本無法逃跑。

「是魔法陣！不過居然探測不到！」

古代魔法文明時代的遺跡，有許多利用魔法技術設置的陷阱。

當然，這些大多都被包含在預備校的課程內，如果是運用普通魔法技術的陷阱，那只要是有點實力的魔法師都探測得到。

「可惡，大意了！」

「布蘭塔克先生！腳動不了！」

「抱歉，看來我的直覺變得比冒險者時期還要遲鈍了。因為不曉得會被傳送到哪裡，大家記得不要解除備戰狀態。」

「你已經放棄啦！」

布蘭塔克先生說完這些話的同時，我體驗到一股類似詠唱「瞬間移動」時、被拉到某處的感覺，然後就失去了意識。

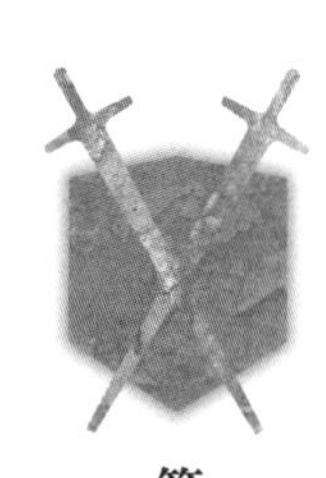

第九話　死鬥，逆向虐殺陷阱

「……這裡是？」

「誰知道？我只知道被強制轉移了。」

儘管成功讓位於帕爾肯亞草原的地下遺跡的龍魔像停止活動，但我們因為一時疏忽而直接前進，結果被無法探測的強制轉移魔法陣傳送到了某個地方。

這就是我所掌握的現況。

雖然是布蘭塔克先生在我醒來後，讓我回想起來的。

我環視周圍，確認其他夥伴都在，看來我們至少避免了同伴被傳送到不同地點的狀況。

「那個魔法陣，好像是魔力吸收型的魔法陣。」

「是魔力吸收型嗎？」

「沒錯。」

魔力吸收型的魔法陣，是一種平常甚至無法被發現的魔法陣。

即使用肉眼也不可能看得見，而且只要遇到有超過一定程度魔力的魔法師，就會從那裡吸收魔力發動。

「專門用來對付魔法師的陷阱嗎……」

「幸好不是直接殺傷型……不對，一點都不好……」

在魔力吸收型的魔法陣中，也有會突然發動攻擊魔法的類型。

然而按照布蘭塔克先生的說明，那種陷阱反而還比較好應付。

「畢竟只要用『魔法障壁』防禦就好。」

而且因為那個攻擊魔法，魔法陣只要發動一次就會損壞。

不如說像這次這種會將人強制轉移的魔法陣，還比較棘手。

「這裡是哪裡啊？」

這個房間無論設計還是大小都和先前的房間差不多，唯一不同的地方，就只有前面有座能往上爬的樓梯，以及樓梯前面立了一個像牌子的東西。

「牌子上好像有寫字？」

「上面寫著『歡迎來到逆向虐殺陷阱』。」

古代魔法文明時代的文字和語言，和現在沒什麼太大的不同。

舉例來說，大概只有將「佔」寫成「占」，或是將「兇」寫成「凶」之類的程度。

另外就是寫起來比較文言一點而已。

然而專門研究這塊領域的王國研究院，卻沒做出多少成果。

雖然只要冷靜觀察，就會發現他們的表現其實沒那麼糟糕，不過因為那裡是貴族與其子弟的主要就職場所，所以經常被世間評論為「吃閒飯的」。

由於不能不負責任地隨便發表，因此在面對質詢時，常做出「調查中」或「不明」等讓人覺得是在敷衍的回應。甚至常被嘴巴壞的人戲稱是只有「水晶球占卜的等級」。

「『逆向虐殺陷阱』嗎？」

「就是歡迎展開死亡之旅的意思。」

原本地下遺跡這種東西，應該是要逐漸往下探索。

不過一旦被強制傳送到最下層，就必須從那裡朝地上走，簡直就是逼人逆向前進。這就是「逆向陷阱」的由來。

「我也只在文獻上看過。」

總之這算是大規模的陷阱，平常沒什麼機會遇到。

就連布蘭塔克先生，對這個陷阱的了解都僅限於書本。

「既然有這種程度的陷阱，或許前面真的有寶物也不一定。」

不過從危險度來看，也有可能在得到寶物之前就先死掉了。

無論何時都將「寶物」掛在嘴邊的布蘭塔克先生，果然是個徹頭徹尾的冒險者。

「那往上爬時一定會……」

「沒錯，通常會有事先準備好的魔物。以這裡的狀況來說，應該會遇到那個龍魔像……」

打造這座遺跡的人，似乎是個對魔像很有自信的人，所以一定會配置魔像。

古代魔法文明時代製作的魔像，能執行比現代的魔像還要複雜的命令。

這是因為裝備在魔像上的人工人格，遠比現代的要優秀。

「那麼，就先以回到地面為目標吧。既然都昏倒三個小時了，你的魔力應該也恢復到一定程度了吧？」

「我居然昏倒了這麼久……」

「這沒什麼好在意的，因為之後還會重複好幾次。」

等我們總算理解布蘭塔克先生這句話的意思，已經是之後的事情了。

幾小時後，休息到魔力幾乎完全恢復的我們走上樓梯，在前方的小房間又發現了一扇門。打開門後，我們再次來到一個和設置龍魔像的房間一樣寬廣的樓層。

「果然這裡也有……」

我們在那裡，碰上了幾乎要淹沒整層樓的大量士兵型魔像。

一大群穿著金屬鎧甲的士兵型魔像，分別裝備了劍、槍、戰斧、連枷和弓箭等武器，而且每幾十個魔像，就會有一個騎在馬上拿著長槍的騎士型魔像。

簡直宛如軍隊一般。

「看來不好對付呢……」

「嗯，比普通的軍隊還要棘手。」

因為是人造物，所以不會感到恐懼，會戰鬥到全滅為止。

不會像人類的軍隊那樣，因為士氣潰散而逃跑。

無論出現多少犧牲，魔像都不會動搖。

而且因為不會感覺到疼痛，所以只要人工人格沒事，就能毫不在意地繼續戰鬥。

簡單來講，就是只能殲滅他們。

「而且材質也一樣。」

士兵型的魔像本體與鎧甲，似乎都是以摻了微量祕銀的鋼所製成。

布蘭塔克先生在用了探測魔法後，也馬上就發現了。

「只能期待艾爾他們的英勇善戰了，就算用魔法，也必須要有一定程度以上的威力才能傷到它們。」

敵人的數量太多，從長遠的角度來看，這樣只會平白消耗魔力。

再加上指揮官等級的騎士型魔像，材料裡摻雜的祕銀比例又更高。

用「探測」魔法偵察後，會發現反應比士兵型魔像還要微弱。

如果能透過這種微弱的反應，發現並計算出擁有抗魔法能力的祕銀佔了多少比例，就稱得上是專家了。

雖然我也不是完全做不到，但在這方面依然遠遠比不上布蘭塔克先生。

「那麼……接下來將沒辦法回頭。雖不知要花幾天才能攻克，但再也無法好好休息了。」

「咦，真的假的！」

布蘭塔克先生的發言，讓艾爾驚訝地大喊。

強制轉移的地點，沒有之前那個魔力吸收型的魔法陣。

換句話說，那只能單向通行。

「沒辦法用『瞬間移動』回去嗎？」

「小子，幫她說明一下吧。」

伊娜提出應該盡早逃離這座危險的地下遺跡的意見。

因為和之前全滅的兩組人馬不同，我會「瞬間移動」的魔法。

不過我無法使用。

「雖然很多人都會搞錯，但想使用『瞬間移動』，必須滿足兩個條件。」

那就是必須完全掌握移動的目的地，以及對自己的所在地，有精確到一定程度的了解。

一般來說，應該不會有人不曉得自己目前在哪裡。

因此忘記這個條件的人，其實意外地多。

「我們是被強制轉移到這裡，即使知道這裡位於帕爾肯亞草原的地下，也無法得知正確的座標。

而且這裡也有可能是其他場所的地下……」

「對手非常熟悉魔法師呢……」

這是非常熟悉魔法師，並且為了殺掉魔法師所做的陷阱。

這是我對這座地下遺跡的第一印象，不過同時也開始覺得似乎有哪裡不對勁。

這點露易絲和艾莉絲也一樣。

「既然如此，為什麼我們會被轉移到安全的地方？」

露易絲說得沒錯，我們被轉移到另一個房間後，並沒有被魔像攻擊。我之所以能睡上超過六個小時，也是因為那個房間很安全。

若對手真的想毫不留情地殺掉我們，應該會事先在轉移地點準備能攻擊我們的魔像。

「打造這座地下遺跡的人，也希望有人能攻克這座遺跡？」

「就算露易絲說得沒錯，條件還是相當嚴苛。」

如同露易絲所言，儘管並非不可能攻克，但條件仍十分嚴苛。

畢竟連那些當冒險者的經歷比我們的年齡還要長的老手們，都無法抵達這裡。

「有種被人考驗的感覺。」

「或許就是這樣沒錯。」

如果用遊戲來比喻，我們被轉移的地點只是起點。

所以才沒有敵人。

原來如此，也可以用這種方式思考。

雖然接下來很可能不會再有和起點一樣的安全地帶。

而且在進入最開始的樓層時，原本的起點就不能使用了。

布蘭塔克先生剛才發現，連接這個樓層與起點的門已經無法開啟了。

「要試著用魔法打壞這扇門，回去起點休息嗎？」

「若從被破壞的門跑出新的魔像，那我們反而會被夾擊。」

一開始的休息，是建造這座地下遺跡者的好意，而且只能接受一次。

布蘭塔克先生提出否定艾爾意見的見解。

「此外也不曉得要上幾層樓才能夠抵達終點。大家必須有效率地戰鬥。特別是我、小子和艾莉絲。」

能夠使用治癒的我和艾莉絲，以及能將魔力分給別人的布蘭塔克先生。

必須盡量節約魔力戰鬥，視情況而定，也可能要強制假寐三個小時。

「要在正在戰鬥的同伴面前睡覺嗎？」

「沒錯，即使必須使用睡眠魔法強制入睡也一樣。」

從經驗上來看，只要假寐三個小時，就能恢復約三成的魔力。

不過要在艾爾這些前衛成員與魔像交鋒時睡覺，對精神方面來說是很大的挑戰。

「那艾爾先生他們什麼時候能休息？」

「根據我的計算，一天只能假寐三個小時。」

「就只有這樣啊……」

根據王國軍的衛生規定，從軍中的士兵一天至少要睡六個小時。

這表示艾爾他們只能睡正常時間的一半。

「艾莉絲姑娘，治癒魔法中，不是有『疲勞減輕』的魔法嗎？」

只要使用「疲勞減輕」，就能持續戰鬥一整天。

只是因為無法消除精神上的疲憊，所以之後會產生一股強烈的疲憊感，變得無法行動。

與其說是「疲勞減輕」，不如說是預支有精神的時間。

「不能動的那段時間，就叫小子用睡眠魔法強制讓他們失去意識，同時請艾莉絲姑娘對他們使用回復魔法。」

「唔哇，感覺對身體的負擔很大。」

這麼一來，就能在假寐三小時後，強制他們回去戰鬥。

根據布蘭塔克先生的判斷，雖然這種亂來的方法遲早會遇到極限，但我們還年輕，應該能撐一個星期。

「嗯，對精神的負擔也很大。不過一流的冒險者，偶爾也得像這樣勉強自己。」

是要確保充足的睡眠時間後死掉？

還是即使明知對身體不好，也要用藥和魔法提升身體能力，減少睡眠時間活下來？

布蘭塔克先生還在當冒險者時，一定也實際做過這種事。

「要是能找到和一開始的房間一樣，能夠睡覺的空間就不必這麼做了。」

不過現實可沒這麼簡單。

「前衛是艾爾、伊娜和露易絲。考慮到休息時間，有時候可能只有兩個前衛。中衛是我和小子，但要避免和前衛的休息時間重複到。即使如此，只要魔力一減少，就要強制入睡。」

「那我呢？」

「當然，艾莉絲姑娘也要遵循相同的條件。」

她的工作是護衛休息的成員，並持續保留能使用治癒魔法的魔力。

再來就是準備一些方便食用的戰鬥糧食。

「不好意思，艾莉絲姑娘不能擔任前衛。」

在最壞的情況下，她或許還能應付一座魔像，但數量一多就沒辦法了。

而且一旦失去能使用治癒魔法的人，我們就完蛋了。

考慮到必須保留魔力，當然不能讓也會參與攻擊的我負責治療。

「事情就是這樣，後方支援就拜託妳啦。」

「是的。」

「三名前衛，以及擔任中衛的我和小子都要注意。一旦有魔像突破我們，攻擊到艾莉絲姑娘，那我們就輸了。」

即使規模不大，但這和軍事組織對敵人展開的殲滅戰很像。

一旦大本營的艾莉絲被擊敗，之後連休息都無法休息的我們必定會戰敗。

對手是不會撤退又感覺不到恐懼的人造物，所以勝利條件就只有殲滅一途，狀況相當嚴苛。

「我可不想早死，身為鮑麥斯特男爵家的初代當家，在位時間還是長一點比較好。」

在目前這個時間點，其實已經不必擔心鮑麥斯特男爵家會斷後。

我還有其他兄弟，埃里希哥哥他們將來應該也會有小孩。

「那還用說。為了避免那種狀況，我會用這把劍賭上性命。」

「我也不想還沒結婚就死掉。」

「雖然對方既不會喪失士氣也不會撤退，但好處是不管我們解體幾個人造物，都不會良心不安呢。」

「我也很期待和威德林大人結婚。」

「那麼，接下來就像工作一般，有效率地解決敵人吧。」

布蘭塔克先生用與平常相去甚遠的嚴肅聲音，對我們下達指示。

艾爾、伊娜、露易絲等三名前衛，一起砍向前排的魔像，我和布蘭塔克先生，則是對在後方待命的魔像放出攻擊魔法。

我們終於開始攻克「逆向虐殺陷阱」。

＊　＊　＊

不過，這魔像的數量也太多了……

「艾爾，你撐得住嗎？」

雖然我也不曉得答案，但這種時候也只能相信自己撐得住了。我隱藏自己的不安，點頭回應威爾。

「唔哇，有夠多。」

「真的呢。」

「居然有辦法製作這麼多魔像，有錢的人真的是很有錢呢。」

「重點是這個嗎？」

布蘭塔克先生一打出宣告戰鬥開始的信號，我、伊娜和露易絲就一起衝上前線。

排列整齊地拿著劍或槍，朝我們逼近的魔像集團，只有眼睛的部分發出光芒，看起來十分詭異。

現在只能先不斷減少數量。

艾莉絲在後方負責回復，威爾和布蘭塔克先生則是以魔法掩護我們。

多虧他們以風系統的障壁魔法破壞魔像們整齊的隊伍，我才能一次專心應付二～三隻。

「數量多又堅固。武器的品質也不差啊……」

按照布蘭塔克先生的說法，似乎不存在技術高超到能參加武藝大會的魔像。

即使是以前的人工人格，也無法重現那種程度的劍技。

「那麼，應該有辦法應付吧。」

我舉起特別訂做的大劍，用力砍向魔像們的腳邊。

位於前方的三隻士兵型魔像失去雙腳倒下，我接著對它們的頭部施展致命一擊。

後續的魔像們，因為被同伴的殘骸干擾而停止動作。

我趁機再次使出一記橫砍，用大劍砍掉幾隻魔像的頭，然後那些魔像便宛如斷了線的人偶般跪倒在地。

它們的人工人格和人類一樣，是裝備在大腦的位置，只要那裡被切斷就會停止動作。

「滿順利的。」

伊娜和露易絲，也以前衛的身分在奮鬥。

不過原本以為動作會很單調的魔像們，意外地展現出靈巧的動作。

它們居然將一開始腳被砍斷的同伴們的殘骸拉到後方。

因為會妨礙到行軍，所以將它們後送。

這不是意外地有智慧嗎？不過，我不打算讓它們得逞。

我將大劍刺在地上，用慣用手拿起扛在背上的圓盾，直接衝向打算回收損壞魔像的個體。

魔像反應不過來我的突襲，將後方的夥伴一起捲入，像骨牌般接連倒下。

我回到原本的位置，同時不忘回收自己的大劍。

這樣應該能再爭取一點時間。

「看來不只是我，對面也很忙呢！」

再怎麼說，敵人都太多了。即使沒有特別強悍的個體，但只有堅固這點是掛保證的。

要是讓它們接近後面的威爾等人，狀況會變得非常棘手。

我們的工作，就是不讓這些魔像靠近威爾他們。

為此，我不斷地揮舞大劍。

由於手臂中途就累了，我將武器換成圓盾和長劍，先用盾牌抵擋對手的攻擊，再趁隙砍掉魔像的頭。

「不過到底有幾隻啊？」

其實無論有幾隻都無所謂，反正我的工作就是化為一道牆，盡全力打倒魔像。

動腦的工作就交給威爾他們，我只要持續揮劍就行了。

＊　＊　＊

「艾爾和露易絲都在努力呢。」

與魔像集團開戰後，我也開始對付眼前的敵人。

雖然艾爾接受了赫赫有名的瓦倫先生的指導，但我的師傅也頗有名氣。

師傅的流派和我系出同源，我本來根本沒機會讓那種人親自指導。

是威爾給了我這個機會，所以我得在這裡將訓練的成果表現出來才行。

「真的好多喔……」

真是的，又不是跳樓大拍賣。之前威爾好像有說過魔像很貴。

居然有辦法準備這麼多魔像，到底是多有錢啊。

我一面想著這些事，一面揮舞長槍。

由於對手的數量很多，因此我有效率地接連刺向看起來是敵人要害的頭部。

那裡似乎真的是要害，魔像的眼睛停止散發詭異的光芒，變得無法動彈。

要是必須破壞到支離破碎才能停止活動，或許會讓人非常困擾，但看來不用那麼辛苦也能打倒它們。坦白講，這數量實在多到令人卻步。

「哈！」

雖然威爾和布蘭塔克先生有用魔法幫忙調整一次必須對付的魔像數量，不過在連續打倒數十隻後，還是希望能有重整態勢的時間。

做了一個深呼吸後，我用力舉槍橫掃。

這和艾爾用大劍使出的招式一樣。

如果是普通的槍，應該馬上就會歪掉，但不愧是我特別訂做的新槍，性能非常優秀。

長槍絲毫無損。魔像接連被掃倒，這樣在它們重新站起來前，應該能爭取到一點時間。

稍微換了口氣後，我拔起插在一旁地板上的投擲用長槍，扔向位於士兵型魔像後方，負責統率它們的騎士型魔像。

長槍命中頭部，騎士型魔像連同騎乘的馬型魔像一起往前倒。

「原來控制馬和上面騎士的系統是同一個啊……」

感覺好像發現了這些魔像唯一廉價的部分。

「再來一隻！」

在看見一隻騎士型魔像逼近艾爾後，我再次朝那隻魔像丟出投擲用的長槍。

這次命中了馬腳，騎士型魔像發出巨響倒下，同時波及到周圍的士兵型魔像。

馬腳折斷，騎士的身體也因為倒下的衝擊受損，變得動彈不得。

「戰果豐碩呢……」

不過敵人不僅數量龐大，還從後方源源不絕地現身。該不會這些魔像是無限的吧。

要不是有威爾和布蘭塔克先生在，我們早就一次被好幾十隻魔像圍攻戰死了。

「現在只能不斷打倒它們。」

我不斷將長槍刺向魔像的頭部，這次我用扔回力鏢的要領，將投擲用的長槍扔向正在後方集合的魔像集團。

低空飛行的長槍，在擊中目標的腳後絆倒了幾隻魔像。

「必須節制使用……不對，現在根本沒有說這種話的餘裕。」

雖然威爾幫我準備了非常多投擲用槍，但消耗的數量比預期的還要多。

「乖乖交給我吧！」

我一擊擊倒持槍的魔像，搶走它的長槍。

「只要從敵人那裡補給，應該會有辦法吧。」

我集中精神，減少魔像的數量。

＊＊＊

「伊娜和艾爾都在奮戰呢。」

艾爾用劍，伊娜用槍，分別打倒了許多魔像。

雖然我也很努力，但體型比他們嬌小的我，必須避免和魔像正面衝突。

如果是導師，這時候應該已經用「魔導機動甲胄」和「身體能力強化」衝出去了，但要是那麼做，我的魔力量一定馬上就會枯竭。

即使威爾用容量配合幫我增加了魔力，我的魔力還是沒到上級的水準。

前面的路還很長，現在必須採取消耗較少的戰鬥方式。

幸好魔鬥流正是這種流派，是非常適合我的戰法。

其中一隻魔像朝我揮劍，我在閃躲的同時，朝對方持劍那隻手的肩關節補了一擊。

伴隨著「啪嘰」一聲，魔像的劍從手中掉落。

因為這就等於擊碎人類的肩關節，所以那隻手應該已經不能用了。

單手被廢的魔像丟掉盾牌，打算用沒事的那隻手把劍撿起來，但我趕在那之前，用手刀砍掉它的頭。

「有個了不起的人……不對，有隻看起來很了不起的魔像登場了。」

雖然不曉得這樣是不是就能打倒我，但一隻原本待在後方的騎士型魔像走到了前面。

這隻魔像似乎是指揮官，但不曉得這種騎士型魔像是怎麼對士兵們下命令的。

看起來也不像是會說話的樣子。

「這種事情，還是交給頭腦好的學者思考吧。」

我馬上切換想法，跳上站在我面前的魔像肩膀並踢飛它的頭，在魔像倒地前再跳一次，站到騎士型魔像的長槍上。

之所以能做到這種事，也是多虧了魔鬥流與跟導師的特訓。

「雖然魔像不會感到驚訝。」

這是因為它們沒有感情。還是快點打倒它，回去原本的地方吧。

我將魔力灌注到腳裡，踢飛它的頭部。回到原本的場所時，也沒忘了再跳到另一隻魔像上多踢飛一顆頭。

「不過還真硬呢……」

畢竟是金屬製品，所以也無可奈何。儘管只要灌注魔力就能應付，但這次已經確定要打長期戰。還是希望能盡量保留魔力。

而且我的魔力又不像威爾那麼多。

「我回來了。」

「露易絲。要是一直在空中跳來跳去，會有箭飛過來喔。」

在後方持弓的魔像，因為威爾和布蘭塔克先生張開的「風魔法障壁」而毫無出場機會。

伊娜提醒我，一旦我露出破綻，它們就會高興地朝我放箭。

「就算是這樣，也只要把箭打掉就好。」

我的視力還算不錯。只要用手抓住，那些箭就射不到我們了。

比起這個，在那些魔像中，有一隻裝備了稀奇的武器。某個士兵型魔像，裝備了一面和自己身體一樣大的盾牌。

「艾爾。那叫做盾兵嗎？」

「雖然平常是以防禦為主，但只要它有那個意思，還是能舉起盾牌衝撞敵人。算滿難對付的。」

無論是艾爾的大劍，還是伊娜的長槍，都無法突破那道防禦攻擊到它的頭部要害。

「那麼，就用我祕藏的絕招……『後衝波』！」

我對盾兵型魔像使出必殺技。雖然防禦攻擊的盾牌沒有受到任何損傷，但位於後方的本體已經被穿透盾牌的衝擊給擊碎。

這是在老家學會的奧義，不過至今一直因為魔力量不足無法發動。

「好厲害的招式。」

「雖然對威爾和導師沒用。」

這是因為「魔法障壁」太過堅固，衝擊波無法傳遞到後面。

這次的委託唯一一個優點，大概就是能測試各種招式的威力吧？

我一面懷抱著這個有點危險的念頭，一面持續攻擊魔像。

＊　＊　＊

「明明還年輕，卻比想像中還要能幹呢。」

我看著四個人的戰鬥，獨自吐露感想。

雖然很多老人動不動就說現在的年輕人比自己年輕時天真，沒什麼大不了的。

不過就這次而言，明明才剛成為冒險者，並且初次上陣就被魔像大軍包圍，他們依然能夠正常戰鬥，這不是很厲害嗎？

儘管是透過小子的關係才找到指導老師，但他們都有好好地吸收。

待在後方的艾莉絲姑娘也很有膽識。

雖然聽說她在古雷德古蘭多討伐戰時也有參加軍隊，但即使不考慮那個經驗也算是非常了不起。

不愧是那個霍恩海姆樞機主教的孫女。領主大人，我覺得一般的結婚對象，根本就無法和她相比。

為了避免他們得意忘形，我一直很少誇獎這幾個孩子，不過艾爾小子、伊娜姑娘和露易絲姑娘都站上前線，並漂亮地持續打倒魔像。

因為這樣下去，我們會被那群魔像包圍，所以我的工作就是限制它們的移動。

然而，這並非只是用「風魔法障壁」妨礙它們的行軍。

還必須適度在障壁上開洞，一次放幾隻魔像進來。

接著艾爾小子他們就會依序擊倒那些魔像。伊娜姑娘和露易絲姑娘只要一發現後面的魔像露出破綻，就會獨自打倒它們。

這想法還不錯。總之，我們的目標就只有破壞魔像。

「我也來幫點忙吧。」

我以維持「風魔法障壁」為最優先目標，偶爾才朝前方放出「風刃」。

我同時施展兩種風系統的魔法。

「風刃」穿過「風魔法障壁」，將魔像切成上下兩半。

這算是非常高度的技巧，人類看到應該會很驚訝。不過對手是魔像，所以頂多就只是這樣而已。

「好厲害的技巧。」

「我晚點再教你。」

「請務必指導我。」

我精湛的技巧，讓小子大吃一驚。而他自己也一面協助我展開「風魔法障壁」，一面讓操作型「火炎球」穿過障壁的空隙，華麗地破壞魔像。

我在小子這年紀時，明明還更不成熟且隨便。艾弗真的找到了一個非常優秀的人才。

「這個嘛。等這場戰鬥結束後再教你吧。」

雖然沒什麼機會遇到這種危機，但不巧的是，我還不能死在這裡。

我冷靜地維持「風魔法障壁」，偶爾用魔法攻擊後方的魔像。

即使如此，無論打倒幾隻，它們還是會不斷湧出來。這座地下迷宮到底藏了什麼？

既然警戒得這麼嚴密，或許埋藏了什麼特別的東西也不一定。

「我畢竟也是個冒險者啊。」

要是賭上性命抵達遺跡深處後發現寶物，自然會露出笑容。

不如說如果現在不這麼想，根本就無法繼續這場看不見盡頭的戰鬥。

「布蘭塔克先生！我這邊有點應付不來了！」

「交給我吧。」

應艾爾小子的要求，我在於後方集結的魔像們腳邊製造一層薄冰。

雖然沒有任何攻擊力，但由金屬製成又笨重的魔像，不像人類那麼容易維持平衡，因此全都跌得東倒西歪。

這樣應該能爭取時間。

「真是幫了大忙。」

「這不算什麼。」

沒錯，這根本就不算什麼。跟接下來將持續的艱苦長期戰相比。

「感覺會拖很久呢。」

因為我身為冒險者的直覺是這麼說的，所以幾乎能夠確定。

「要上囉。」

我重新鼓起幹勁，開始發動新的攻擊魔法。

＊　＊　＊

「肩膀有點痛呢。雖然有鎧甲擋著，但還是被劍打到了。」

「我來幫忙治癒。」

我在這場戰鬥中的工作，是從後方支援。

由於我的戰鬥力比其他五個人弱，所以自然會被分到這個工作。

因為覺得這個工作比直接上場戰鬥的大家輕鬆，所以我一開始還感到很愧疚，不過我後來總算知道這個想法有多麼天真。

首先，大家經常受傷。

「無論是什麼樣的高手，都不可能連一點擦傷也沒有。」

布蘭塔克先生說得沒錯，特別是站在最前線的艾爾先生，負傷更是頻繁。

儘管不是什麼重傷，但負傷也是降低戰鬥力的原因之一。

再加上艾爾先生留在這裡時，會替其他人帶來很大的負擔，因此必須盡快治好他，讓他回歸戰線。

此外在空閒的時間，還要設法在不用火的情況下，準備能方便食用的餐點跟補充水分用的飲用水。

為了補充流汗時喪失的鹽分，以及喝起來能較為順口，威德林大人指示我在水裡加點砂糖。那位大人究竟是在哪裡獲得這種知識的呢？真是不可思議。

「雖然這也很好吃，但等戰鬥結束後，我想吃艾莉絲做的料理。」

「我會做威德林大人喜歡的東西。」

即使中途穿插了這樣的對話，與大量魔像的戰鬥依然持續。

在戰鬥了半天以上後，大家必須快速輪班，稍微假寐一下。

「不好意思，我先第一個睡了。」

「那個……需要『睡眠』魔法嗎？」

「沒關係。年輕時培養的習慣，讓我在這種狀態也能入睡。」

布蘭塔克先生直接躺下，不到一分鐘就開始發出鼾聲。

優秀的冒險者，無論在什麼地方都能馬上睡著。我曾經聽過這樣的說法，看來布蘭塔克先生果然是優秀的冒險者。

「幫我用吧。」

「我也要。」

「新人是沒辦法在這麼吵的地方睡著的。」

布蘭塔克先生起床後，艾爾先生、伊娜小姐和露易絲小姐也輪流小睡了一下，不過三人都需要「睡眠」魔法。

的確，除了金屬魔像動作時發出的摩擦聲以外，戰鬥時還會發出各種噪音，要在這樣的環境裡睡著並不容易。

只要被施展過「睡眠」，就必須使用非常粗魯的方式才叫得醒，所以很多人都討厭清醒後那種不舒服的感覺。

「我不需要。」

威德林大人也不需要「睡眠」魔法，就馬上睡著了。是因為他從小就有在未開發地午睡和露宿的經驗嗎？

「艾莉絲。不好意思，麻煩對我用『疲勞減輕』。」

「我知道了。」

戰鬥開始後過了三天，終於連休息和睡眠都無法恢復疲勞，必須依靠魔法和藥水。

不過這終究只是緊急措施。

這類型的魔法和藥物在剛使用時還沒什麼影響，不過如果不好好休息或補充睡眠，之後果然還是會突然感到疲勞或產生倦怠感。

要是在戰鬥中發生這種事……即使如此，現在還是不用不行。

我總是繃緊神經，在必要時迅速行動或使用魔法。

終於，我也開始偶爾會產生強烈的疲勞感。

「艾莉絲，妳沒事吧？」

雖然威德林大人替我擔心，不過身為回復關鍵的我不能倒下。

而且，我是威德林大人的未婚妻。

我一面對自己施展「疲勞回復」，一面持續注視著威德林大人他們。

＊　＊　＊

「喂，小子！」

「……真的有回復三成的魔力嗎？」

我一醒來，就看見和睡著前相同的光景。

坦白講，醒來時的感覺糟透了。

雖然魔力好像有回復，但我一點感覺都沒有。

「精神上多少會感到有些疲勞。給我好好維持幹勁。」

在這五天裡，我們明明攻克了九個樓層，但周圍的景色都一樣，完全沒有成就感，讓人心情沉重。

「接下來換我小睡片刻。」

「我知道了。」

我接替布蘭塔克先生，繼續維持「風魔法障壁」。

確認我已經接手後，布蘭塔克先生躺下休息，艾莉絲不知何時來到他身邊，替他施展「疲勞減輕」的魔法。

據說只要在施展這個魔法後入睡，即使只是假寐也能充分消除疲憊感。

不過用這種魔法提升身體能力長時間戰鬥，對身體當然不可能有好處。能夠消除的主要還是疲憊感，再來才是真正的疲勞。逐漸累積的疲勞，會確實地侵蝕身體。

「威德林大人。」

「不好意思。」

確認布蘭塔克先生睡著後，艾莉絲將食物遞給我。

內容是類似漢堡的料理，以及摻了少量砂糖和鹽的冷水。

約十公尺遠的地方，傳來艾爾他們與魔像戰鬥的聲音，在這種狀況下，就連泡茶都是件困難的事情。

而且我也沒多少時間。我像前世當上班族時那樣，在一分鐘內把食物塞進嘴裡，喝下倉促製作的運動飲料。

好想早點吃到熱騰騰的飯。

「威爾！」

「嘖！這麼快就失效了！」

我立刻衝上前線，恢復威力減弱的「風魔法障壁」。

一直維持同樣的魔法，真的非常耗費心力。

這個障壁並不會完全阻止魔像前進。

而是刻意在部分地區開洞，讓魔像從那裡緩緩入侵。

這麼一來就能限制魔像的數量，讓三名前衛依序各個擊破。

我們一開始還會用魔法攻擊在後方待命的魔像，不過馬上就因為發現是白費工夫而放棄。因為它們除了數量以外，還有一個恐怖的特技。

「不管打倒幾隻，都還是會源源不絕地跑出來。」

而且騎士型魔像占的比例還愈來愈多，處理起來愈來愈麻煩。

「該不會是後面有個祕密工廠，在生產魔像吧。」

「就是這個！」

眼角偶爾會瞄到有魔像，在定期回收被擊敗的魔像殘骸，早知道應該多注意它們一點。

原來那並不是因為殘骸會妨礙行軍，所以才移到後方啊……

「是帶回去修理吧。」

「真的假的。那不是永遠打不完嗎？」

讓魔像停止活動的方法有兩個，一個是破壞裝在頭部內的人工人格，另一個更簡單的方法，就是像人類一樣直接把頭砍掉。

人工人格，就相當於人類的腦部。

「艾爾！光是把頭砍掉還不夠！」

伊娜發現只要是頭部的人工人格結晶被長槍破壞的個體，就不會被回收，從而推測出只有人工人格還殘留著，身體也有一定程度殘留的個體才能修理。

在發現這項事實前，我們已經浪費了相當多的時間。

「至少也要回收頭部，或是徹底破壞啊。」

「唔哇！難度變高了！」

除了偶爾稍微假寐一下，其他時間都在戰鬥的艾爾發自內心吶喊。

在那之後，我們開始回收打倒的魔像的人工人格，在前往下一個樓層時，也會回收魔像的其他殘骸，丟進魔法袋裡。

這是為了避免發生到下一個樓層後，那些殘骸又重新復活來攻擊我們的惡夢。

「這應該就是最後了吧。」

約三小時後，布蘭塔克先生清醒後許下的願望，短暫地實現了。

就在我們祈禱這真的是最後的樓層並爬上樓梯後，發現這裡居然不像其他樓層那樣有滿坑滿谷的魔像。

「咦？這樣就結束了？」

雖然艾爾露出有點掃興的表情，但其他所有人都發現了一個不想知道的事實。

在寬廣的樓層深處，還有一座「那個」。

在強制轉移前，我們曾經將「那個」逼到魔力耗盡停止活動，不對，應該說是面對那個巨大的龍魔像，我們只能這麼做。

在讓我們累成這樣後，居然又準備了一個龍魔像，打造這座地下遺跡的人，性格一定非常扭曲。

「這隻的性能，該不會比之前那隻還好吧？」

「艾爾……我說你啊……」

「畢竟是放在比之前那隻還要後面的地方。會這麼想也很正常吧！」

雖然的確是這樣沒錯，但真希望他別在這種時候講出來。

大家都已經因為疲勞和睡眠不足，陷入只靠意志在支撐的狀態。

即使理論上來說，「疲勞減輕」和回復魔法已經將我們的身體完全回復。

然而，人類的精神似乎不這麼想。

這五天累積下來的精神疲勞，讓我們彷彿隨時都會倒下。

「總而言之，如果不打倒那個，我們就沒辦法在床上睡了。」

結果，我們在這五天裡根本沒時間好好睡覺。

打倒整層樓的魔像，前往上面的樓層。接著樓梯就會消失，無法再回到底下的樓層。這是每層共通的狀況。

雖然我們也有檢討過用魔法破壞地板，回到下面的樓層休息的可能性，不過在消失的樓梯前方，傳來照理說已經被殲滅的魔像活動的聲音。因此我們馬上就放棄了。

我們的結論是，魔像恐怕沒有被全滅。

每個樓層都會配置固定數量的魔像，等修理完後會再派過去駐守。同時如果魔像被破壞到無法修復，就會重新製造以維持一定的數量。

換句話說，只要破壞地板，就會被樓下的魔像夾擊。所以要是隨便開洞，只會讓情況變得更嚴重。

這麼一來，比起陷入「前門拒虎，後門進狼」的狀況，不如「背水一戰」還比較輕鬆。我們的選項只剩下前進而已。

「總而言之，要想辦法應付那個棘手的吐息。」

「和之前一樣吧。」

繼續在這個樓層前進後，第二座龍魔像一發現我們，果然就開始吐出強烈的吐息。簡直就像是一座惡質的砲臺。

只要一動，就會浪費多餘的魔力嗎？

龍魔像還是一樣幾乎毫無機動性可言。不過即使能在這個樓層自由移動，也只會因為那副巨大的身軀自取滅亡，既然如此，那還是持續發射吐息比較有威脅性。
「嘖！這隻的威力比較強！」
明明外表和第一隻沒什麼不同，這座龍魔像的吐息威力卻變強了。
相對地，使用「魔法障壁」需要的魔力量也會增加。
當魔力耗盡後，我們就沒辦法防禦這個吐息了。
只能和前面兩組老練冒險者一樣，連骨頭都被燒成灰。
「小子，怎麼辦？」
「這次也要等它耗盡魔力嗎？」
「不，看來這次沒辦法用這招呢。」
我望向布蘭塔克先生指的方向，那裡有一條纜線和龍魔像連在一起。
簡單來講，就是這次的龍魔像有外接的能量來源。
它能從外部的魔晶石補充魔力。
從之前那些數量破千的魔像來看，這座地下遺跡應該以某種形式儲存了大量的魔力。
「伊娜！」
「交給我吧！」
雖然這座龍魔像能從外部補充魔力，不過考慮到纜線被切斷的狀況，內部應該也有安裝魔晶石才對。

無論如何，現在都必須先切斷那條纜線。

通常這種纜線的外層應該是用祕銀製作，從直徑來看，內部應該沒包含奧利哈鋼。所以用伊娜的槍就夠應付了。

我對伊娜打了個手勢，從魔法袋裡拿出備用的槍扔給她。

伊娜接住長槍，瞄準後用力將槍扔向纜線。

我算準時機，替槍打開部分的「魔法障壁」。

接著布蘭塔克先生很有默契地用風系統的魔法強化槍的威力。

伊娜瞄得非常準，長槍漂亮地貫穿並切斷了纜線。

「看來有裝預備的魔石。它的動作沒有停下來。」

「光是順利切斷從外部提供魔力的來源，就算是很好了。」

雖然我是希望只要切斷纜線，就能讓它停止動作，不過果然沒這麼容易。

布蘭塔克先生開口安慰沮喪的我。

「再來就是比耐力了。」

然而，接下來戰況又陷入了膠著狀態。

龍魔像不斷吐出威力強大的吐息，我和布蘭塔克先生持續用「魔法障壁」防禦，這樣的狀況維持了半天以上。

雖然其他成員趁這段期間輪流休息，但龍魔像完全沒有停止活動的跡象。

明明切斷了外部的魔力供應，但這座龍魔像不僅維持了和上一座龍魔像相同的時間，這次的吐息威力還較為強大，看來內部應該裝了性能極高的巨大魔晶石。

「還能撐得下去嗎？」

「不，快沒時間了……」

至今只顧著消極地防禦龍魔像的吐息，現在終於要付出代價了。

我們似乎惹惱了建造這座地下遺跡的彆扭傢伙。

通往底下樓層的階梯突然再度出現，伴隨著金屬的摩擦聲，布蘭塔克先生有發現一排魔像爬上了樓梯。

「可惡！這次換從下面來！」

那些是我們花了好幾天才破壞的大量魔像士兵。

魔像們已經填補完損害，在地下遺跡創造者的命令下，準備排除我們這些在最上層持續防禦龍魔像的攻擊，進行無趣戰鬥的敵人。

魔像們排成一列爬上樓梯。

「艾爾！」

「可惡！結果還是『前門拒虎，後門進狼』啊！」

休息過後，總算稍微恢復精神的艾爾、伊娜和露易絲三人在樓梯附近擺出架勢，開始與一面發出金屬碰撞的聲音，一面從底下爬上來的魔像們戰鬥。

艾爾、伊娜和露易絲三人在樓梯前面排成一排，著手破壞往上爬的魔像，同時將它們推到樓下。
不過無論打倒幾隻，都會有新的魔像接連爬上樓梯。
艾爾他們的表情，逐漸透露出焦慮和疲勞之色。
「威爾，這樣下去我們會全滅！」
「糟糕，被逼上絕境了……」
這或許要怪我們之前曾經靠拖延戰術，成功等到龍魔像耗盡魔力。
而且在和前一座龍魔像戰鬥時，並沒有出現士兵型的魔像。
明明前提條件不同，我卻採取了相同的戰鬥方法，這是我的失誤。
「就算知道會有風險，也應該主動採取攻勢嗎……」
「小子，別感嘆了。即使因為不想拖時間而採取攻勢，也是有可能失敗。重要的是，應該思考現在該怎麼辦。」
即使面臨這種危險的狀況，布蘭塔克先生依然維持冷靜。
不愧是長年以一流冒險者的身分活躍過的人。
我坦率地感到佩服。
「後面那三個人，可撐不了太久喔。」
考慮到持久力，他們遲早會面臨極限。
這五天來，持續靠魔法和藥物強化身體能力，削減睡眠時間也是個問題。

艾莉絲在三人後面幫忙施展疲勞減輕魔法，不過已經不像一開始時那麼有效。

大量士兵型魔像持續爬上階梯，三人依序加以擊倒，防止它們的進攻，而我的精神也快到達極限，無法長時間戰鬥。

「既然如此，就在短時間內打倒那座龍魔像吧。」

「也只剩這條路可以走了。」

只要打倒它，至少可以往前逃跑。

也或許打倒龍魔像，就是過關的條件。

雖然這是一場賭注，不過勝算或許比持續防禦吐息要高也不一定。

我做好了覺悟。

「我要解除『魔法障壁』。」

「沒問題嗎？」

布蘭塔克先生擔心地問道，不過我當然還是要請他協助我。

龍魔像持續吐出的吐息，基本上只是往前吐出無屬性的魔力。

即使如此，被以超高速吐出的魔力，會因為與被攻擊的對手的摩擦產生超高溫狀態，讓人類連骨頭都無法殘留。

「我要重現龍魔像的吐息，將那道攻擊反推回去，破壞它的頭部。」

就算兩邊都是無屬性的魔力，只要讓吐息碰撞在一起，就會產生龐大的熱能。

因此只有這段期間，必須請布蘭塔克先生幫忙防禦。

布蘭塔克先生的「魔法障壁」，因為魔力量的關係，無法抵擋第二座龍魔像的吐息太久。

不過如果只是短時間，依然有辦法應付。

「我是沒問題啦。可是你還剩下多少魔力？」

儘管我的最大魔力量，因為這五天的亂來而略微提升，但連續展開半天的「魔法障壁」後，還是來不及回復，只剩下約兩成的魔力。

「不行嗎？」

「……這要看你能多快將那傢伙的吐息壓回去。」

這麼一來，布蘭塔克先生就可以停止展開「魔法障壁」。

然後就可以請布蘭塔克先生將魔力分給我。

「我一開始會先使用『強化』！」

說話的同時，我從魔法袋裡拿出一顆魔晶石。

為了預防萬一，我只要有空就會儲存自己的魔力。

其實我本來存了四顆，不過其他都已經用光了。

是在與魔像軍團戰鬥，魔力來不及回復時用掉的。

「再來是……」

我還剩下幾個之前從帕爾肯亞草原的魔物那裡採取的魔石。

考慮到能量轉換的效率，用了一定會虧大錢，不過命是錢買不到的。

這是因為若從尚未加工成魔晶石的魔石抽取出所有的魔力，魔石就變得像灰一樣崩壞，再也無法使用。

「最後能補充的魔力，只有不到原本儲蓄量的二十分之一。」

「這部分，等事後再向王宮那些人求償吧。」

「說得也是。那麼，我要上囉！」

在發出信號的同時，由我先解除「魔法障壁」，布蘭塔克先生再以全力展開「魔法障壁」。

「小子，如果是這個威力，我無法撐太久！」

「了解！」

我立刻在腦中回想龍魔像的吐息，並正確地加以重現。

儘管是沒空練習就直接上陣，但我不僅用得自然，也沒有感到不安。

雖然完全沒有根據，但我相信自己做得到。

這麼說來，師傅也曾經說過我沒問題……

我當然不可能直接從嘴巴裡吐出魔法，所以我將雙手的手掌對準龍魔像，同時在腦中想像將體內的魔力加速，朝前方發射的畫面。

接著，我馬上就發出了類似吐息的無屬性魔法，和龍魔像的吐息產生激烈的衝突，發出炫目的光芒。

「小子，快提升魔法的威力！」

再來就是和布蘭塔克先生說的一樣，必須盡快用無屬性魔法將龍魔像的吐息推回去。

首先，我毫不保留地投入自己剩餘的魔力，接著從只剩一個的魔晶石裡抽取魔力使用。

雖然我的無屬性魔法逐漸將龍魔像的吐息給推了回去，但由於魔力消耗也很激烈，因此意識馬上就變得模糊。

「小子！振作一點！」

我隱約聽見布蘭塔克先生的叫喊，記憶短暫地飛回過去。

『在魔法的領域，適應性是非常重要的。例如，假設敵對的對手使用了第一次看見的魔法。威爾，你要怎麼辦？』

我想起小時候那段雖然期間不長，但永生難忘的回憶——與師傅一起修行的日子。

在某次的休息時間，師傅曾經這麼問過我。

師傅偶爾會提出讓我思考很久的問題。

『先防禦，再觀察狀況嗎？』

『一開始的話，這麼做就夠了。不過，要是找不到解決的方法，遲早會因為魔力用盡而被打倒。這樣你要怎麼辦？』

『……』

『戰場的環境瞬息萬變。拙劣的思考，和什麼都沒想是一樣的。這種時候其中一個答案，就是在看過對手的魔法後，以相同的魔法反擊。因為是隨機應變，所以就算只是相似的魔法也無所謂。這麼做的優點……』

『是能引誘對手動搖嗎？』

『沒錯。然後，就要再次冷靜思考。例如對手是使用哪種屬性的魔法。』

『再換使用能夠克制那種屬性的魔法嗎？』

『正確答案。如果是火魔法，就用水魔法反擊。如果是土魔法，就用風魔法。不過，等威爾成為冒險者後，或許會遇見也不一定……』

冒險者的工作，也包含探索古代魔法文明的遺跡。

而那種遺跡，存在某種特殊的敵人。

集結了古代魔法文明的極致魔法技術，一般被稱做魔像的人工生命體。

以魔力為能量來源行動，不會感到恐懼的冷血機關兵器，會從名為冒險者的入侵者手中，守護遺跡和收藏物。

『在魔像當中，也有會使用魔法的個體。』

正確來說，應該是裝備了只要輸入魔力，就能發動魔法的魔法道具。

『在那之中，最多的就是無屬性的魔法。』

由於只是將儲存的魔力加速到超高速後射向敵人，因此魔法道具的設計都很簡單。

如果要使出其他屬性的魔法，為了發揮屬性的特性，不僅魔法道具的設計會變複雜，需要的魔力量也會增加。

『雖然沒有比無屬性強的屬性，但反過來講，也沒有比它弱的屬性。』

無論面對何種屬性的對手，都能期待會有一定的效果。

『是暗屬性的親戚嗎？』

『不，和暗屬性不同。因為那單純只是在賦予屬性之前就放出魔力。儘管暗屬性只被當成傳說，但我認為應該還是有確實變化成暗屬性。』

『原來如此，那麼有什麼能對付無屬性的方法嗎？』

『因為沒有比它強或比它弱的屬性，所以無論哪種屬性的魔法，都只能靠提升威力來抵銷。雖然就某方面來說，算是滿棘手的，不過像威爾這種魔力量多的人，很有機會能夠活下來。再來就是威爾自己也要學會如何放出無屬性的魔法吧。如果同樣是無屬性，那魔力消耗的效率也會比較好。儘管差距不大，但這或許會成為活下來的關鍵。可是，無屬性反而比較難呢。雖然不到聖屬性那麼難……不過威爾應該會有辦法吧？』

這麼說來，結果我那時候還是沒有學會，人類在面臨危機時，好像意外地就會發揮潛力。

『師傅，我使出無屬性的魔法了。』

就在我這麼想時，某人突然搖晃我的肩膀將我叫醒。

「小子，你因為魔力不足而失去意識了嗎？」

「對不起。」

「不，你的身體還是有好好在動。而且失去意識的時間還不到一秒。」

我似乎在不知不覺間單腳跪地，不過雙手手掌依然往前伸，無意識地持續放出無屬性魔法。

至於關鍵的魔力，多虧龍魔像的吐息已經被我大幅壓制回去，不再需要施展「魔法障壁」的布蘭塔克先生，正將雙手放在我的肩膀上幫我補充魔力。

「布蘭塔克先生。」

「我也把預備的魔晶石全部用光了。事到如今，我只能不斷傳送魔力給你，直到失去意識為止。」

「我知道了。」

這下我和布蘭塔克先生，都沒有多餘的魔力了。

我們有辦法在用盡這些魔力之前，將吐息全部推回去，破壞龍魔像的頭部嗎？

一旦失敗，重新被壓回來的吐息，會將我們所有人消滅到連骨頭都不剩。

「威爾！需要魔力的話！」

「露易絲，不行！」

露易絲是迎擊從後方樓梯逼近的魔像的關鍵要員，就算讓她來這裡也只有反效果。

若在破壞龍魔像前，就先被魔像從後方攻擊也沒有意義。

而艾爾和伊娜的魔力，也都不足以分給我。

就算他們將全部的魔力都傳給我，也會因為轉換效率的問題，補充不了多少魔力。

「我剛才，冷靜地計算了一下……或許會剛好不夠一點。」

「總之往前放就對了！我把全部的魔力都交給你，剩下就拜託你了。」

說完這句話的同時，布蘭塔克先生就失去意識倒下了。

這麼一來，就只剩下我目前擁有的魔力了。

持續從我手掌中放出的無屬性魔法，逐漸將吐息壓回去，距離目標的頭部只剩約十公尺了。

然而，或許是因此產生了危機感，龍魔像又再次增強吐息的威力。為了因應這點，我也必須大量使用魔力。

魔力使用量增加過度，讓我內心充滿焦急。

多虧這兩年半的修行，我變得能敏銳察覺到魔力逐漸減少的感覺。

不好了！總而言之，必須盡快將吐息全部推回去！

然而，無論我再怎麼焦急，都無法輕易將吐息推回去，就在我心裡開始慢慢產生危機感時，再次有人將雙手搭在我的肩膀上。

「威德林大人。」

那是艾莉絲的手。

「以前威德林大人買給我的戒指，終於能夠派上用場了。」

此時，我總算想起在我和艾莉絲剛訂婚時，我曾經買了一個能儲存魔力的戒指送她。

確認魔力逐漸從艾莉絲的手流過來後，總算暫時能避免魔力用盡的狀況。

然而……

「完全壓不回去……」

雖然不曉得人工人格有沒有心，但龍魔像第三次增強了吐息的威力。

或許它也不希望自己被破壞。

話說裝在這傢伙體內的魔晶石到底有多大啊？

從外部補給魔力的纜線已經被我們破壞，和第一座一樣裝在頭上和背上、能夠從空氣中收集魔力的鏡子，終究只有輔助的效果。

這證明埋藏在它體內的魔晶石，就是如此巨大。

「不妙！魔力又……」

布蘭塔克先生已經失去意識，雖然不曉得艾莉絲自己還剩下多少魔力，但我以前曾聽她說過，即使她是治癒的高手，還是不擅長「魔力賦予」。

因此即使讓她用一般的方式將魔力分給我，也沒什麼太大的效果。

「威德林大人！」

「這樣下去會被壓制。妳快帶布蘭塔克先生離開吐息的攻擊範圍。還有艾爾他們也是！」

要是就這樣被吐息壓倒，我一定會連骨頭都被燒成黑炭，不過與此同時，從後方樓梯上來的魔像們也會被捲進來。

而且龍魔像剩下的魔力量應該不可能太多。

要是能夠妥善應對，或許能夠只犧牲我一個人，就讓其他人活下來。

「這怎麼行，我不能丟下威德林大人……」

「威爾也可以跟著逃跑啊！」

「不可能。因為我們彼此都全力放出魔力，打算破壞對手。」

要是為了逃跑而讓放出的魔力稍微減少，不用一秒鐘，我就會被壓回來的吐息給燒死。

如果逃也是死，前進也是死，那就應該努力將犧牲減少到最低。

「威爾，果然還是用我的魔力！」

「把那些魔力保留下來！」

布蘭塔克先生在魔力用盡後失去了意識，艾莉絲則是必須保留用來施展治癒魔法的魔力。

這麼一來，我死後戰鬥能力最強的人就是露易絲了，不能現在增加她的負擔。

「威爾，你……」

「抱歉了，伊娜。」

伊娜似乎正在一面打倒魔像，一面思考最好的方法。

雖然這非常符合她的風格，不過已經束手無策了。

「到了那個世界，再向師傅學習魔法吧。」

「我不准你說這種危險的話！」

艾爾怒吼道，不過無論再怎麼計算，魔力的量都還是有點不夠。

我的魔力，會在吐息靠近龍魔像頭部約一公尺的地方耗盡。

正因為能夠計算，絕望感才特別強烈。

「威德林大人……」

都怪那個難搞的祖父，害溫柔的艾莉絲吃了不少苦頭。

因為我們還只是訂婚狀態，所以就算我死了，應該還是會有很多好人家可以選。

不必在這裡陪我一起死。

死啊……

說不害怕是騙人的，我也不是不可能再重新以一宮信吾的狀態清醒過來。

或許這個威德林．馮．班諾．鮑麥斯特的人生只是漫長的夢，我將再度回到二流上班族的生活也不一定。

我有這種感覺。

「威德林大人……」

「艾莉絲是個美女，即使不用在這裡陪我，也會有很多人想娶妳……」

「不要！我要成為威德林大人的妻子！所以威德林大人也不要放棄！」

「艾莉絲……」

我沒想到艾莉絲居然會在這時候以這麼激動的語氣說話。

就在我整個人呆住的時候，艾莉絲從後面伸過來的雙手抱住我的脖子，輕輕將臉貼向我。

簡單來講，就是她從背後親了我。

「為什麼！」

「艾莉絲真大膽！」

「真令人羨慕……」

艾莉絲突然的行動，讓艾爾他們也難掩驚訝。

什麼！

就在我也跟著驚訝的同時，我感覺到身體深處不知為何湧出一股魔力。

為什麼？艾莉絲應該沒有魔力賦予的才能……

即使她將剩下的魔力全部傳給我，也會因為轉換效率太差，連我百分之一的魔力都回復不了才對。

然而，我現在卻感覺自己的魔力回復了兩成以上。

「威德林大人……」

「艾莉絲！」

我們的嘴唇一分開，艾莉絲的意識似乎就逐漸變得模糊。

她以彷彿隨時都會消失的聲音對我說道：

「我使用了『奇蹟之光』。不過因為魔力不足，所以不完全……」

「原來如此。」

「奇蹟之光」是一種聖系統的最上級治癒魔法。

雖然要消耗龐大的魔力，但即使對象是瀕死狀態，也能完全回復。

就連教會也只有約五十個人會使用。

換句話說，艾莉絲也是其中之一。

而且，這個魔法還有另一個效果。

就是能順便幫施展的對象，回復一半的魔力。

即使是像我這種沒受什麼重傷的人，也能成為施展魔法的對象。

因為無法治癒不存在的傷，就算用了也是浪費魔力，所以至今都沒有人像這樣使用。

艾莉絲只為了讓我的魔力恢復，就用了這個魔法。

就某方面而言，也可以說是個盲點。

「這麼一來，就能讓魔力稍微……」

「我知道了，艾莉絲，妳放心地睡吧。好嗎？」

「好的……」

說完這句話後就失去意識的艾莉絲，以宛如正被我背著般的姿勢陷入熟睡。

即使只有平常一半的效果，「奇蹟之光」依然耗盡了艾莉絲剩餘的魔力。

「艾莉絲，對不起，我居然放棄了。不過，已經不用擔心了。」

我溫柔地對靠在我背上的艾莉絲說道，同時逐漸提升無屬性魔法的威力。

我毫不保留地全力放出在最後的最後獲得的貴重魔力，破壞眼前的金屬龍。

對現在的我而言，沒有比這更重要的事了。

幸好我現在正因為那個吻而非常興奮。

「我要把你的頭打飛，去死吧！」

我可不希望因為在這時候節省魔力，害自己再度陷入魔力不足的狀態。

雖然有點擔心後方的魔像集團，但也只能交給艾爾他們處理了。

在最壞的情況下，希望他們能背著我往前逃。

我一面在腦中想著這些事，同時一口氣將自己的魔力全部釋放出來。

在零點幾秒以前，我施展的無屬性魔法已經將吐息壓回去，在從龍魔像的嘴巴侵入後破壞它的內部。

儘管龍魔像的口腔內也裝了祕銀裝甲，但它自己的吐息和我的無屬性魔法在狹窄的口腔內激烈衝突後，發生了爆炸。

就算是祕銀，應該也無法承受這股破壞力。

頭部悲慘地爆裂的龍魔像停止動作，發出誇張的金屬聲往前倒。

接著……

「咦？魔像們的動作也停止了。」

「應該可以把那座龍魔像當成是頭目吧？」

「大概就是這樣吧。」

至今不斷朝這裡逼近的士兵型魔像，全都停止動作。

樓梯下宛如充滿屍體的戰場遺跡，陷入一片寂靜。

「威爾，這不是成功了嗎？」

「嗯……」

總算擺脫魔像集團的威脅後，艾爾放心地向我搭話。

不過和布蘭塔克先生跟艾莉絲一樣用盡魔力的我，現在也感覺隨時都會失去意識。

「我已經快昏倒了……艾爾，剩下就交給你了……」

「威爾也到極限啦。那些棘手的魔像都不動了，放心交給我吧。」

「這樣啊……那我，就放心了……」

因為成功破壞眼前的強敵而鬆了口氣的我，在聽完艾爾的話後，就直接失去意識了。

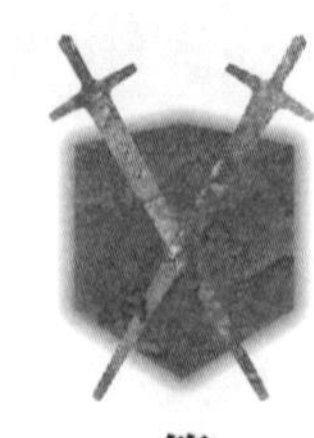

第十話　地下遺跡的戰利品

「我說克林姆。」

「是的。」

「你在擔心嗎？」

「在下的確是有一點擔心。」

「看起來不像只有一點啊。」

「真是瞞不過陛下呢。」

「不只如此，其實克林姆也想去吧？」

「不了，真的沒關係。」

距離鮑麥斯特男爵成年並順利出道為冒險者，和林斯塔一起前往探索未知的地下遺跡，已經過了五天。

朕在王城內的私人房間，一面與朕的好友兼偉大的魔法師克林姆一起喝酒，一面閒聊。

「那些不負責任地在王宮內多嘴的傢伙，都在傳鮑麥斯特男爵可能已經死了。尤其是那傢伙特別吵。」

「盧克納會計監察長嗎？」

雖然同樣都是財務體系，但繼承了侯爵爵位的哥哥盧克納財務卿，和未能繼承爵位的弟弟盧克納會計監察長之間的關係，是出了名的惡劣。

但這兩個職位的人，原本關係就不太可能會好。

畢竟一個是負責編列預算和執行的財務卿，一個是調查預算的使用狀況、指摘浪費部分的會計監察長。

這陣子弟弟對哥哥展開的攻擊，變得愈來愈激烈。

不僅偏執地追究和哥哥相同派系的人或門生的失誤和浪費，還偏袒自己的派系與門生。

相反地，只要一被哥哥指責，就激烈地與他爭吵。

周圍的人都認為這兩個人到死都會一直像這樣互相爭執。

而且這兩個人，對鮑麥斯特男爵的態度正好相反。

「因為盧克納財務卿，透過鮑麥斯特男爵的哥哥和他攀上了關係。」

反倒是弟弟盧克納會計監察長因為攀不到關係，而選擇和他敵對。

盧克納會計監察長和鮑麥斯特男爵幾乎連見都沒見過面，當然不可能對他懷抱什麼怨恨。

不如說還欠對方一個僱用自己未認領的孩子的恩情，為什麼要和他敵對呢？不對，就這個情況來看，盧克納會計監察長應該是懷疑對方僱用了一個能用來攻擊自己的棋子吧？

鮑麥斯特男爵是新貴族，所以可能還不清楚，但這就是貴族的思考方式。

另一個原因，就是原本對哥哥的憎恨太強，所以「憎其人而及其物」吧。

「除此之外，盧克納會計監察長還統率著對盧克納財務卿抱持反感的人，經營了一個對立的派系。」

同樣是財務體系，盧克納會計監察長一直想鬥垮哥哥，奪取財務卿的地位。

為了這個目的，那傢伙當然不可能和哥哥派系的人好好相處。

雖然自己擅自推測後還這麼說不太好，但貴族真的是一種無可救藥的生物。

「回到原本的話題，不過是在探索遺跡後失去聯繫五天，根本就沒必要搞得這麼誇張。」

「這是根據你的經驗嗎？」

「是的。如果是大規模的地下遺跡，至少都要在裡面待上這樣的時間。」

「原來如此，那盧克納會計監察長真是個罪孽深重的男人。」

至於哪裡罪孽深重，就是我收到了那傢伙因為鮑麥斯特男爵可能已經死了，所以開始聯絡他的候補繼承人的報告。

「候補繼承人嗎？」

「雖然他還未婚，但仍有兄弟與親人。」

「可是……」

為了預防萬一，鮑麥斯特男爵早就將自己排的繼承人順位，事先告訴克林姆了。

聽說他在家裡也留了遺書。並由鮑麥斯特男爵家的總管羅德里希，率領所有傭人嚴密地保管著。

而那個羅德里希，還是盧克納會計監察長的親生兒子。

不過由於盧克納會計監察長既沒有認領也沒有去看過羅德里希，因此後者並不把他當成父親看待。

既然不負責任地把人家生下來又放著不管，羅德里希不恨他就算很好了，應該不可能覺得他對自己有什麼恩情。

所以羅德里希可以說幾乎不可能背叛鮑麥斯特男爵。

甚至還有可能非常樂意與親生父親敵對。

儘管是個令人難過的故事，但貴族裡本來就有許多不負責任地讓平民女性生下孩子，又不願意領養並放著不管的傢伙。

雖說血濃於水，但也有反而因為這份血緣，而更加憎恨父母的例子。

「他打算讓哥哥們的孩子繼承自己的爵位，並按照年齡順序來排列順位吧。」

第一繼承人，是幾個月前才剛出生的埃里希的長男，約恩。

再來是保羅和赫爾穆特預定會生，目前仍在妻子們肚子裡的小孩。

就算生的是女孩，也只要入贅就好，不會造成任何問題。

對周圍的人來說，要是鮑麥斯特男爵現在就死了會很麻煩，不過為了以防萬一，還是希望他至少能留下遺言。其結果就是這個過早立下的遺囑。

雖然這對王族或貴族來說並不稀奇，不過偶爾也會有當家忘了寫遺囑就突然去世，造成不必要的紛爭，所以也可以說是一種必要的措施。

錢、特權、領地、爵位。

要是沒有遺言，可是會發生讓平民感到失望的醜陋爭執。

「然後啊。那傢伙聯絡的對象，居然是老家的長男。」

「那個南方的偏遠地區嗎？」

「沒錯。就是那個鮑麥斯特男爵的老家。」

考慮到距離因素，聯絡起來應該會非常耗時。

而且雖然那個長男有兩個兒子，但鮑麥斯特男爵甚至沒把他們排進繼承的候補名單。

若沒有遺書，他們的繼承順位就會比較高。不過既然已經有了，那他們根本沒希望繼承。

換句話說，這可以說是盧克納會計監察長的失控。

不對，他原本就沒有權利插嘴鮑麥斯特男爵家的繼承事宜。

這完全是他為了個人利益所做出的行為。

「真可憐。看來那個長男要空歡喜一場了。」

自己的其中一個孩子，是擁有龐大財產的鮑麥斯特男爵家的繼承人。

而用這種謊言擺布那位長男的，就是中央的罪孽深重貴族，盧克納會計監察長。

對盧克納會計監察長而言，就算長男的孩子無法繼承鮑麥斯特男爵家也無所謂。

只要被騙的長男，將那股怒氣發洩到盧克納財務卿與其派系的人並掀起混亂就好。

在鮑麥斯特男爵死亡的狀況，繼承權無疑會轉移給埃里希他們的孩子。

家裡的遺書是這麼寫的，而遺書的副本又早就交給王國的公家機關貴族血統局保管，就算提出異議也不會被受理。

當然，長年待在中央的盧克納會計監察長也非常清楚這點。

他明知道會有這種結果，還故意慫恿會對這個決定感到不滿的長男。

『您的孩子原本能繼承男爵的爵位，只是被離開家的那些兄弟阻止了。他們憎恨著因為是長男而成為正統繼承者的您啊。』

破壞其他家兄弟的關係，再利用這點為親生哥哥帶來混亂。

雖然是個不得了的傢伙，但這對中央的名譽貴族來說並不稀奇。

這是經常發生，類似季節象徵的東西。朕也從以前開始，就為此付出了不少辛勞。

「雖說是偏遠地區，但居然這樣玩弄正常繼承爵位的人。那個男人也真是罪孽深重。」

「那個男人表面上看起來是按照貴族的習性在行動，實際上只是憎恨哥哥而已。」

明明自己比較優秀，侯爵家和財產卻被哥哥奪走了。

即使辛苦當上了名譽男爵，哥哥卻總是妨礙自己。

他就這樣只靠憎恨，與哥哥敵對了將近五十年，就某種意義上來說，盧克納會計監察長也算是個熱情的人。

雖然是股會讓別人覺得非常麻煩的熱情。

「真要說起來，有那位布蘭塔克大人跟著，鮑麥斯特男爵根本就不可能會死。這是無意義的行動。」

克林姆說得沒錯，但朕已經做好覺悟。

都怪少數幾個蠢蛋，南方發生什麼騷動的可能性又更高了。

明明至今一直勉強維持平靜，盧克納會計監察長卻開始煽動那個地方。

這下無論鮑麥斯特男爵最後是死是活，那裡將來都一定會出事。

留在老家領地的長男與離家的弟弟們，有點俗氣的兄弟鬩牆啊。

這種事情，就算本人有發現也很難防範吧。

在周圍有人煽動的情況下，只要一有人上鉤，狀況馬上就會一發不可收拾。

「鮑麥斯特男爵已經成年。這也讓長男感到更加不安吧。」

「要是他能乖乖地別鬧事就好了。」

「站在本人的立場，應該也想要乖乖地躲在自己的領地裡吧。只是外面有人慫恿，而他又沒有抵抗的能力，只能順應狀況行動。而且還沒發現自己的愚蠢。」

「應該也有可能被慫恿但不採取行動吧？」

「按照朕的預想，那是不可能的事情。因此為了王國的千年大計，只好請他成為可憐的犧牲者了。唉，不過應該要再等一段時間吧。」

「就在下的立場，也只能祈禱那位長男能夠自重了。」

「朕也覺得那樣比較輕鬆。」

朕與克林姆一起喝酒，在那之後又聊了一下話。

兩天後，朕收到了鮑麥斯特男爵平安攻克地下遺跡的報告。

同時，朕也覺得有些人應該不會就此罷休。

＊　＊　＊

「啊——啊，威爾好重喔。」

「是因為威爾是男的，所以艾爾才覺得重吧。」

「的確。如果是艾莉絲，那背起來會比較值得。」

「我要跟威爾打小報告。」

「妳真卑鄙……」

在布蘭塔克先生、艾莉絲和威爾三位魔法師，都因為耗盡魔力而失去意識的期間，我們走向位於頭部被破壞的龍魔像後方的門。

雖然發生了許多事情，但或許是因為龍魔像的頭被破壞了，樓梯那裡的魔像們也都跟著停止動作，真是幫了大忙。這樣我們這三個還能動的人，就不用背著失去意識的三人逃跑了。

坦白講，在這段不曉得五天還是六天的日子裡，我們已經到達疲勞的極限了。

「探索地下遺跡的事情，就等威爾他們醒來再說吧。」

「嗯。」

在那之前，得先找到能好好休息的地方。

再來就是通往地上的出口吧？

幸好原本大量存在的魔像，已經都不會動了。

打開前面那扇門後，我們發現了一個彷彿前不久還有人在住的居住空間。

「明明是那麼久遠以前的地下遺跡的房間……」

露易絲在看見一塵不染的書房、客廳、廚房和浴室後大吃一驚。

不過對古代魔法文明時代的遺跡來說，這似乎不是什麼稀奇事。

因為全部的東西，似乎都被施了現在已經是失傳魔法的「狀態保存」的魔法。

只要這個魔法還有效，就算是數千年前的東西也完全不會劣化。

若說得精確一點，其實這不算是失傳魔法。

按照威爾的說法，雖然威爾的師傅也有對自己的房子使用這種魔法，但現代的「狀態保存」，頂多只能維持數十年的效果。

「總而言之，得先找個地方讓他們三個睡。」

「是啊。」

由於找到的寢室裡有四張床，因此一個給伊娜背的布蘭塔克先生，另一個給我背的威爾睡。

「嗯——畢竟他們是這次的最大功臣。」

接著是背著艾莉絲的露易絲，她稍微煩惱了一下後，讓艾莉絲睡在威爾的旁邊。

「妳真溫柔呢。」

「雖然有點嫉妒，但多虧了艾莉絲的『奇蹟之光』，我們大家才能活下來。」

的確，要不是有艾莉絲在，我們的隊伍早就全滅了。

就算當時只有威爾犧牲，我們也頂多多活一下子，畢竟之後的狀況實在太絕望了。

「『奇蹟之光』啊。那是很厲害的魔法吧？」

「廢話。那可是只要教會裡有一個人會使用，就會有信徒特地過去朝拜的魔法喔。」

按照伊娜的說明，無論是多嚴重的傷患，都能一次徹底治好，所以給人的印象非常深刻。

話說回來……

以前有個母親抱著被馬車撞倒，受了瀕死重傷的孩子跑去教會。

她邊哭邊懇求教會幫助那個孩子。

然後會使用「奇蹟之光」的人登場。

那個人迅速治好了孩子，孩子活潑地跑來跑去。

……我好像曾在教會發行的聖人列傳之類的刊物上，看過這樣的故事。原來如此，就是那個啊。

因為是看得見的奇蹟，所以這是非常受信徒們歡迎的場景。

就算說教會的人氣是靠這個魔法在支撐也不誇張呢。
「不過妳不覺得奇怪嗎？」
「什麼事？」
「『奇蹟之光』這種魔法，一定要接吻才有效嗎？」
「被你這麼一說……」
如果不接吻就無法發動，那這奇蹟的構圖就會變得有點奇怪。
若使用「奇蹟之光」的魔法師，是邊親吻孩子邊使用魔法，那就有可能觸犯被教會視為禁忌的「同性愛」。
這樣應該很難被刊載在聖人列傳上。
「啊——！居然趁亂做出這種事情！」
「不如說，哪有需要親吻才能用的魔法！」
不只露易絲，連伊娜也難得大喊。
看來艾莉絲似乎巧妙地利用那個危險的場面親了威爾，藉此吸引他的注意。
再加上她不惜失去意識也要用盡自己剩餘的魔力，犧牲奉獻地替威爾回復魔力。
被那麼做之後，應該沒有男人不會淪陷吧？
至少我是非常羨慕威爾。
因為那時候的艾莉絲，看起來真的像是個天使。

艾莉絲其實非常清楚自己身為女性的魅力吧……

反過來講，感覺威爾已經逃不出艾莉絲的手掌心了。

雖然基本上威爾原本就喜歡艾莉絲，所以本人既沒有任何疑問，也沒感到不滿。

霍恩海姆樞機主教，你教育孫女的方式沒有錯呢……

沉浸在艾莉絲的魅力當中不想離開，逐漸變得對妻子言聽計從，我的好友兼主公威爾。

真可憐，他和我居住的世界已經不一樣了。

「（下次布蘭塔克先生好像要帶我去能讓大人享樂的店。威爾當然不會參加吧……）」

「艾爾，你有說什麼嗎？」

「不，什麼也沒有。」

嘖，露易絲的耳朵真好……

不過這麼一想，後續的收尾也變得開心起來了。

在那之前，得先輪班補充睡眠。

累成這個樣子，可能會影響到之後的探索作業。

「那麼，我們先來決定誰要醒著警戒……呃！喂！」

就在我陷入沉思的這段期間，對艾莉絲的行動感到生氣的伊娜，也自己趁機躺到威爾的另一側睡著了。

威爾在床上睡成大字型，艾莉絲和伊娜分別將他的左右手當成枕頭入睡。

就跟我前陣子在書店看的冒險故事的主角一樣。

說到這個，我記得在看到那個主角同時帶著兩個女生時，我還非常羨慕。

「羨慕歸羨慕，現在還是得先讓威爾的魔力早點恢復才行。那麼，露易絲呢？」

「我現在還不睡喔。」

「真了不起，妳不嫉妒嗎？」

我還以為露易絲會因為威爾左右兩邊的位置都被搶了而生氣，但她意外地冷靜。

看來她打算和我一起警戒到那四個人睡醒為止。

考慮到這個狀況，我原本已經做好要一個人警戒的覺悟。

龍魔像已經被破壞，士兵型魔像也全都停止運作，這個居住區又維持整潔的狀態，沒有被踐踏過的痕跡。

留人警戒只是為了以防萬一，就算只有我一個人也無所謂。

「我原本就不認為有辦法獨占威爾。所以我要像艾莉絲那樣勤奮地警戒，之後再睡在威爾旁邊。」

「原來如此啊……」

過了約半天的時間。

一直到布蘭塔克先生第一個醒來為止，我都為了消磨時間和避免睡著，一面和露易絲聊天一面警戒。

「喂，結果怎麼樣了？」

布蘭塔克先生一醒來，就立刻詢問自己昏倒後的狀況。

我和露易絲一起對他詳細說明。

「最後威爾用魔法，把龍魔像的頭部給打飛了。」

「其他那些亂七八糟的魔像呢？」

「在龍魔像停止運作的同時，就全都不再動了。」

「這樣啊。果然那座龍魔像的頭部裡，裝了連線式的人工人格。」

那個連線式的人工人格，似乎不只用來控制龍魔像，還同時控制了配置魔像軍團的地下遺跡的防衛系統。

按照布蘭塔克先生的說明，這就是破壞了那個人工人格後，魔像們也跟著停止行動的原因。

「設置在最難破壞的場所。這是非常符合常識的選擇。不過，這次真的被艾莉絲救了一命呢。」

布蘭塔克先生瞄了靠在威爾手臂上睡覺的艾莉絲一眼後，露出無可奈何的表情。

站在布蘭塔克先生的立場，艾莉絲身為正妻的立場變強是件令人困擾的事情，不過艾莉絲不僅是個好女孩，對隊伍的貢獻度也很高，因此他也沒辦法說什麼。

特別是布蘭塔克先生，自己也被艾莉絲救了。

話說回來，反正布雷希洛德藩侯也找不到什麼好女孩能介紹給威爾。

如果要讓我來說，就是「不如放棄吧」的感覺。

「那麼，剩下的探索，以及尋找通往地面出口的事情，就等大家都充分休息過後再說吧。你們也快點睡吧。」

「坦白講，真是幫了大忙。」

「我也好睏……」

之後，因為布蘭塔克先生說他一個人也沒問題，我走向空的床鋪。

露易絲居然冒險地鑽進睡成大字的威爾的雙腿之間，然後馬上就睡著了。

「喂！露易絲！」

那個位置，對威爾來說也非常危險。

就算左右邊都被人占領，那裡還是太危險了。

「小子還真受歡迎。」

「露易絲，那個位置很危險……」

「就算在意也沒用啦。這刺激對艾爾小子來說太強了嗎？等回到王都後，我會帶你去不錯的店啦。」

「喔……」

與布蘭塔克先生聊到這裡時，我突然被一陣睡意襲擊，就這樣失去意識。

＊　＊　＊

「啊，是布蘭塔克先生。」

「小子，你總算醒啦。」

我到底睡了多久？一醒來，馬上就看見布蘭塔克先生的臉，而他也立刻開始替我說明現在的狀況。

「我們順利破壞龍魔像，抵達了最深處的居住區。」

「總算撿回了一條命呢。」

魔力耗盡後昏倒的我，似乎睡了整整一天。

雖然將近一個星期都沒有好好睡，不過現在感覺不到像昨天那樣的精神上的疲勞，久違地一起床就感到神清氣爽。

而且，由於體驗了好幾次魔力幾乎見底的狀態，精神上也變得非常緊繃，因此明顯感覺得到自己的魔力量上升了。

如今我們順利解除地下遺跡的防衛系統，也成功活了下來。

儘管想向將這種委託丟給我們這些生手的傢伙抱怨幾句，但這也是之後的事情。

畢竟我眼前還有一件更急迫的事情要處理。

「威德林大人，早安。」

我不知不覺間，在陌生的床上睡成大字型。

睡在我右邊枕著我手臂的艾莉絲，幾乎和我同時清醒。

「早安。艾莉絲，妳的身體還好嗎？」

「是的，魔力也幾乎都回復了。那個，我馬上來問您做飯。威德林大人也想吃熱騰騰的飯吧。」

「說得也是。肚子餓了呢……」

將近一天半都沒有進食，我的肚子早就餓得咕嚕咕嚕叫了。

「……威爾，你醒啦？」

接著睡在我左邊的伊娜，也馬上就醒了。

她似乎也睡在我的手臂上。

話說，到底是從什麼時候開始變成這樣的？

「威爾，你還好吧？」

「畢竟都睡了這麼久。伊娜呢？」

「有種很久沒有好好像這樣睡一覺的感覺。」

「我想也是。我再也不想像這次一樣亂來了。」

「就是啊。」

這兩個人倒還好。

雖然雙手都因為被當成枕頭而變得麻麻的，但我前世時曾聽說這對男人而言，算是非常值得高興的麻痺。

實際上也的確是很舒服。

特別是我前世對麻痺的記憶，就只有來自跪坐，所以覺得自己度過了一段非常美好的時光。

只是有一個人睡在不得了的位置。

露易絲將我的大腿內側當成枕頭，正呼呼地睡著。

坦白講，那個位置非常危險。

「喂，露易絲。」

「考慮到時間，她應該還要再過一會兒才會醒。」

布蘭塔克先生，對毫無清醒跡象的露易絲露出惡作劇的笑容。

這個人的魔力，好像也因為長時間的睡眠完全回復了。

「要繼續睡是無所謂，不過睡在這裡也太不妙了！」

「同樣身為男性，我真的覺得你很辛苦呢。」

「居然講得這麼事不關己……」

「很遺憾，這真的不關我的事。」

因為這樣下去會很糟糕，我試著移動露易絲頭部的位置，但她邊睡邊抱住我的身體，簡直就像是把我當成抱枕。

「不愧是有練過武術的人。是寢技（註：柔道中將對手壓制在地面的招式）的高手呢。」

「布蘭塔克先生……」

實際上，我也的確完全無法反抗身材嬌小的露易絲。

即使被睡著的她當成抱枕，我也完全解不開她的束縛，身體動彈不得。

此外我完全不覺得自己的身體有哪裡被勒緊，一點都不覺得痛苦。

不如說在感覺到露易絲的體溫和花香般的體味後，反而覺得還滿舒服的。

「喂，伊娜。」

「我小時候也被做過一樣的事情。那是不可能解得開的。」

伊娜以前去露易絲家住時，也同樣被當成抱枕過，當時的她也完全無法掙脫。

「露易絲不是靠蠻力，而是壓制身體的支點，所以絕對掙脫不開。在露易絲醒來之前，你還是繼續睡吧。」

「沒辦法。能睡回籠覺也是一種奢侈。」

在那之後，我不得不在被露易絲抱著的情況下，又多睡了幾個小時。結果成了所有成員中最晚醒來的人。

「總算能開始探索了。」

睡完奢侈的回籠覺後，由於所有人都已經睡夠了，因此我們重新開始探索地下遺跡。

順帶一提，艾莉絲說她要負責準備探索完後的餐點，所以只有她留在居住區看家。

被龍魔像守護的門後面的空間，就是這座地下遺跡的終點。

明明是好幾千年以前的東西，但這座書房看起來就像是前不久還有人在使用似的。

除此之外，室內還有能抽取並過濾地下水的水龍頭，利用魔晶石的瓦斯爐、浴室、淋浴間、洗衣機和冰箱，就算要待在這裡面生活也沒問題。

現在艾莉絲正在勤奮地準備料理。

「隔壁是工作室呢。」

房間裡還有兩個門，根據艾爾的報告，其中一個是通往類似工作室的房間。

我和布蘭塔克先生一起進去看了一下，發現那裡和曾在王都見過的魔法道具製造工房很像。

「是魔法道具的工房嗎？」

「看起來是這樣。」

在書房看書的伊娜，從書堆裡找出一本日記交給布蘭塔克先生。

「伊修柏克伯爵啊……」

「好像是呢。」

這好像是那本日記主人的名字，如果真的是他，那可是個相當有名的人。

伊修柏克伯爵是古代魔法文明時代首屈一指的魔法道具製作者，在現存的魔法道具中，他的作品擁有極高的評價。

實際上，目前還在運作的魔導飛行船，幾乎都是由他設計的。

原來如此，既然有辦法打造那種危險的防衛系統，看來他真的是個天才。

這個世界的天才的宿命，就是以一個人來說，性格相當地扭曲。

「而且這個房間和工房的狀態都很好……」

儘管施加了「狀態保存」的魔法，但這效果維持了數千年以上。

光是這點，就足以證明伊修柏克伯爵是多麼優秀的魔法師了。

「只要研究這間書房的書，或許就能讓製作魔法道具的技術大為進步也不一定？」

「可能性很高。」

仔細一看，這裡有許多和魔法或魔法道具有關的書籍。

有一部分的書架，甚至收藏了數千本看似他的研究筆記的東西。

「喂，這裡還有一個房間。」

接著，去調查另一個房間的露易絲也回來了，她報告的內容令人大吃一驚。

「對面的房間，是機庫入口呢。」

在露易絲的帶領下打開另一扇門後，我們來到一個比放置龍魔像的廣場還要寬廣的空間。

這個與其用房間、不如用空間來形容的地方，似乎是個造船廠，超過十個造船用的船塢連在一起，而且每個船塢都裝了複數的魔導起重機。

「真是壯觀。」

雖然大半的船塢都是空的，但試著數了一下後，還是發現了七艘魔導飛行船。

大小幾乎和我們之前搭過的定期飛行船的魔導飛行船一樣。

看來這座設施，似乎是專門用來建造或維修魔導飛行船的船塢。

「外表看起來是已經完成了。」

「問題在於裡面的巨大魔晶石是否平安無事。」

身為過去遺產的魔導飛行船能否重新利用，似乎取決於引擎使用的魔晶石是否完好無缺。

考慮到經過的年數，如果是劣質的魔晶石，那大多已經損壞了。

以現在的技術，很難製作出足以讓魔導飛行船飛行的魔晶石。

這是因為過去曾經存在，能夠以複數小型魔石製作成大型魔晶石的技術已經失傳，除非從很少出現的屬性龍以上的魔物那裡取得巨大的魔石，否則根本無法製作。

這也是三年前，我打倒兩隻龍後獲得的魔石會被王國強制收購的理由。

「後續的調查，就交給王國的人吧。」

「應該也要再去調查一下地下遺跡的狀況吧。」

「那些魔像不會再重新啟動吧？」

「誰知道？」

反正我們也不具備與魔導飛行船或其專用船塢有關的知識，因此我們決定返回「逆向虐殺陷阱」的地下遺跡重新調查。

地下總共有十層樓，每層樓都是以巨大的長方形石牆打造而成的空間，並開了數十個用來補充防衛用魔像的洞。

樓層內，充滿了在被我們突破後重新配置的魔像，不過它們都已經停止活動，即使我們靠近也沒有反應，和布蘭塔克先生推論的一樣，防衛系統的根基就藏在那座龍魔像的頭部裡。

「用含有祕銀的鋼製造，動力則是來自和人工人格的結晶一起裝在頭部的魔晶石啊。」

我們解體了一隻停止行動的魔像，確認內部的構造。

「不過，現代也做得出類似的東西吧。」

「問題在於人工人格的性能。」

人工人格的外表，看起來就像是透明水晶的結晶。

在那裡面，以特殊的魔法記錄了特殊的魔術語言。

當然，要理解魔術語言是不可能的。

即使能夠理解，只要無法使用記錄魔法，就沒辦法記錄到結晶上，而且還得先滿足製作人工人格結晶的條件。

因此，現在有辦法製作的人非常稀少。

最困難的部分是魔術語言，雖然和前世的電腦語言很像，但對這塊領域不熟的我根本完全無法理解。

我曾經看過一本不是用文字，而是用多達數萬種圖案寫得密密麻麻的書本，在搞懂基本規則之前，用看的就夠讓人頭痛了。

畢竟就連師傅都曾笑著說「完全看不懂吧？我也完全不行」。

而且即使能夠理解，以現代魔法道具工匠的技術，也無法做出跟這些魔像一樣的動作。

這也是現代魔像在戰爭時，頂多只能用來執行突擊的原因。

「不過伊修柏克伯爵這麼拚命，到底是為了保護什麼啊……」

「應該是這整座地下遺跡吧。」

光是只看祕銀和奧利哈鋼的材料費就夠讓人目瞪口呆的兩座龍魔像，以及數量破萬的士兵型和騎士型魔像。

經過進一步調查後，我們還在與地下十樓相鄰的地方，找到了一座修理和補充魔像用的無人工房。

在那裡，專門負責搬運的魔像會將損壞的魔像搬到輸送帶上，再讓只有上半身的修理用魔像有效率地修理。

修理完畢的魔像，則是會自己透過移動用的專用道路，前往入侵者所在的樓層。

為了應對數量減少時的狀況，這裡也放了大量的全新魔像備用。

「簡直是超科技的極致啊。是久違的大發現呢。」

此外，我們還發現了用來提供魔力讓這些設施運轉的巨大魔晶石。

那顆魔晶石的大小，遠遠超過我之前打倒的骸骨古代龍的魔石。

明明用了那麼多的魔力，那顆巨大魔晶石至今仍散發出紅色的光輝。

看來當初費了相當大的工夫替那顆魔晶石填充魔力。

「你的意思是，伊修柏克伯爵將所有的財產和研究成果都藏在這座地下遺跡嗎？」

「唔哇，真是個彆扭的人。」

是不信任家人嗎？

還是其實連家人都沒有呢？

儘管真相不明，但天才或許意外地就是這種生物也不一定。

也就是所謂孤高的天才。

「大略的調查已經結束了。小子，接下來要怎麼辦？」

「就算你這麼問我……」

現在已經能安全地進入地下遺跡的所有地方，麻煩的是大部分的財寶，都是魔導飛行船，或是使用了大量祕銀和奧利哈鋼、透過巨大魔晶石運作的龍魔像之類的東西。

剩下的文獻視情況而定，也有可能會成為國家機密，因此我們放棄調查這裡。

反正已經可以確定我們擁有這座遺跡所有物品的權利，再來就是要請專家來鑑定。

「我先回王都一趟，請王城派調查團過來。小子你們就留在這裡看守吧。」

「喔……」

結果，以冒險者身分接的第一份工作就差點讓我們喪命，也沒能獲得令人興奮的金銀財寶。

雖然或許是發現了更加有價值的寶藏，不過能賣的對象就只有當初委託我們的王國，這點感覺也很糟。

最後關於這座地下遺跡的出入口，也位於好找到讓人掃興的地方。

那個魔導飛行船專用的船塢，有個能打開屋頂的裝置，只要一拉下把手，天花板就會開啟，讓陽光照射進來。

要是把魔導飛行船的船塢蓋在地下深處也沒意義，所以這也可以說是理所當然。

結果就連地下遺跡的場所，都是位於從我們最初進入的地點往王都的方向延伸，一座呈梯形狀的巨大岩山內部。

坦白講，真虧這座地下遺跡至今都沒被人發現。

或許是因為雖然位於帕爾肯亞草原內部，但這兩年半大家都忙著在開發草原的緣故。

再來就是正常來想，也不會有人認為這種岩山的底下會藏有巨大的地下遺跡。

「威德林大人，晚餐準備好了。」

「聞起來好香啊。肚子好餓，先來吃飯吧。」

「我用您給的材料，做了味噌燉菜。」

這座地下遺跡已經不存在其他威脅，所以艾莉絲一個人留在居住區準備晚餐。

暫時不想再過那種只有類似漢堡和運動飲料的東西能吃的生活。

這是我們所有人共通的意見。

雖然除了艾爾以外，我們多少都會做料理，不過手藝最好的果然還是艾莉絲，因此通常是由她負責煮飯。

「我吃完飯後，就要出去了。」

「能夠靜下來吃飯，真是太好了。」

「因為威爾對料理很挑啊。雖然每餐都吃麵包夾肉，也真的是有點膩了……」

「艾莉絲，下次換我和伊娜來做。」

「說得也是，每次都麻煩艾莉絲也不太好意思。」

在那之後，布蘭塔克先生啟程去王宮和公會報告地下遺跡已經被攻克的事情，這段期間，我們專心讓因為過度嚴苛的工作而疲憊不堪的身體休養。

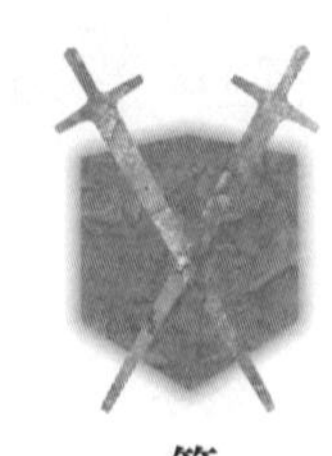

第十一話　攻克地下遺跡後的後續

「林斯塔大人。您說鮑麥斯特男爵他們辛苦攻克了地下遺跡？」

「嗯，是這樣沒錯。」

擔任小子新組成的冒險者隊伍的指導者，讓我差點在那裡丟了性命。

連以前當冒險者時都沒遇過的魔力吸收型魔法陣「逆向虐殺陷阱」，將我們強制轉移到其他地方，與破萬的魔像集團和兩座龍魔像進行死鬥。

我沒想到自己居然會因為將所有魔力都交給小子，而用盡魔力昏倒。

因為一般只有修練不足的魔法師會像這樣失去意識。

在冒險者時代，我也曾遇過許多危險的狀況，但這次甚至比我以前打倒老火龍時還要驚險。

即使如此，我們還是勉強成功攻克了地下遺跡，我則是為了向王城和冒險者公會總部報告，而先一步回來這裡。

雖然和小子一起回來也無所謂，不過這次的事件要是不好好處理，可能會發展成責任問題。

小子他們心裡應該很氣，還是讓他們稍微冷靜一下比較好。

別看小子那樣，他平常並不會公開對王都的大人物們表達不滿。

他原本的個性就很慎重，即使是對方不好，他也知道要是說出口會釀成問題。

然而，這次他難得對冒險者公會的高層和王國表達了不滿。

所以像這種時候，應該讓身為大人的我，將小子的心情傳達給這些大人物們。

至少我是覺得對方也知道錯在自己，所以才會像這樣將相關人士聚集到非公開的場合一起進行商討。

「不是在平常的謁見廳啊……畢竟接下來要談的事情不適合公開呢。」

大概就是因為這個原因。

我現在並不是在王城的謁見廳，而是在某個有完整防諜裝備的會議室。

室內有陛下、阿姆斯壯導師、盧克納財務卿、霍恩海姆樞機主教、冒險者公會的總帥、副總帥，以及幾名高層幹部。

雖然我和公會總部的那些人關係不怎麼好，但他們似乎也沒有找我碴的餘裕。

他們不僅讓前兩組優秀的聯合部隊全滅，還差點害小子他們全滅。

要不是有我參加，這些混帳傢伙本來打算只派一個二流劍士當小子他們的指導者蒙混過去，但這件事被陛下知道了。

不過，他們為什麼要做這麼愚蠢的事情呢？

陛下和導師似乎心裡有底，不過似乎不是從公會幹部那裡聽來的。

兩人不知為何一臉沉思的樣子。

「簡單來講，就是因為有一名優秀的魔法師、身為治癒魔法名人的聖女，以及魔鬥流的鬥士，所以你們才認為這支隊伍的實力比前兩組部隊高強嗎？」

「站在公會的立場，要是再出現進一步的損害，會對業務造成妨礙……」

死了超過二十名一流的冒險者，光是要填補這個空缺就夠讓他們忙的了。

幹部們表情膽怯地說明，就算說這些傢伙很久以前曾經是一流的冒險者，又有誰會相信呢？

離開前線後就疏於鍛鍊，肚子也變得鬆弛的幹部們，為了自保而哭喪著一張臉，在陛下面前說明。

這也是我不想留在冒險者公會擔任幹部或任職的原因之一。

這種傢伙，就是一般人說的老不死吧。

「那是因為你們的失誤吧？唉，先不管這件事。更重要的是，這次要不是我堅持隨行，鮑麥斯特男爵他們早就死了。」

「關於這件事，我們實在不曉得該怎麼向陛下和布雷希洛德藩侯道歉。」

「當然，對布蘭塔克大人也是。」

幹部們拚命低頭致歉，不過在他們心裡，似乎認為向我低頭是個恥辱。

不曉得是不是心理作用，感覺他們的臉有點紅。

「意思是公會那邊因為對戰力不足感到焦急，所以錯估了必要的戰力嗎？」

「是的。」

「這樣啊。」

陛下再度陷入沉思，該不會是掌握了什麼其他的情報吧。

同樣地，阿姆斯壯導師和盧克納財務卿也露出奇妙的表情。

「不過，這不能全怪公會，我們也有責任……」

接著，阿姆斯壯導師也發言了。

「要是在下也有跟去就好了……在這兩年半裡，鮑麥斯特男爵和露易絲姑娘都變強了。所以在下才會認為沒問題。」

「如果要這樣講，那朕也有責任。居然只聽阿姆斯壯的意見，就判斷只要有布蘭塔克隨行就夠了。」

因為所有人都有責任，所以無法針對特定的某人追究責任。

真要說起來，沒有多找幾個幫手的我也有責任。

小子身為魔法師的力量太過優秀，讓我高估了他身為冒險者的實力。

這樣的失誤，也讓我差點連自己的命都丟了。

「我說，韋納總帥。」

「是的，請問有何指教？」

此時，盧克納財務卿總算開始對公會總帥提出質問。

他似乎有什麼事情想問。

「關於指導者的人選，該不會和某位會計監察長有關吧？」

「不。冒險者公會的營運，是不允許外人像這樣干涉的……」

盧克納財務卿難得像這樣直截了當地提出質問。

是因為這間會議室裡的相關人士不多，防諜措施也很完善吧。

不過，我嚇了一跳。

沒想到居然會在這時候出現與盧克納財務卿不和的弟弟的話題。

那個男人的風評不怎麼好。

和哥哥盧克納財務卿的不和也非常有名，他似乎有為了攻擊哥哥與其派系，特地降低分派給小子的指導者水準的嫌疑。

不過，這終究只是陰謀論。

畢竟公會非常討厭來自貴族或王國的干涉。

光是讓已經從冒險者這行退休的我來擔任指導者，就已經夠讓他們不滿了。

畢竟我是按照陛下和領主大人的意思在行動。

雖然實際見到這些人時，他們全都縮得像隻小狗一樣。

即使有會計監察長這個頭銜，他們應該也不至於軟弱到屈服於區區男爵的壓力吧。

「我相信你們沒說謊，但要是說謊，陛下可不會饒過你們。」

「我願意向神發誓。」

韋納總帥基本上是個膽小鬼。

他不可能敢在陛下面前說謊。

順帶一提，冒險者就算膽小也不會有任何問題。

膽小和慎重是連在一起的，這對冒險者來說，也是個難得的特質。

雖然一旦退下第一線後，就會突然讓人顯得沒用，但這也是無可奈何的事情。

「那個男的不擅長賭博呢。」

「不擅長賭博？」

盧克納財務卿回答我忍不住脫口而出的疑問。

「那個男的雖然想把我從財務卿這個位子拉下來，自己取而代之。但又不敢冒險。」

一面守著自己會計監察長的椅子，一面為了避免失去那個位子而持續進行小家子氣的賭博。

以現在的制度，他趕走哥哥坐上財務卿之位的可能性非常低。

既然如此，即使偶爾必須犯下重大的惡行，也應該要賭賭看才對。

按照盧克納財務卿的說法，就是因為辦不到這點，所以他才不擅長賭博。

「雖然那個男人，一直自認比我還要優秀。」

「應該是沒這回事……」

「正因為是兄弟，所以才會知道，其實我覺得自己和他差不了多少。」

既然如此，那麼要打倒已經累積了地位和能力的哥哥，幾乎是不可能的事情。

然而，他現在依然露骨地覬覦財務卿的位子。

從我的角度來看，他真是個無法理解的男人。

而且要是在看似安全的地方，自以為聰明地持續做出這種事情，那總有一天會遭到出乎意料的反擊。

「因為自尊心太高，所以無法承認自己做不到吧。他的目的不是財務卿的位子，而是讓周圍的人認為他想要財務卿的位子。」

「藉此維持一個派系嗎？」

「所謂的貴族，就是這種生物。」

若這樣便能維持一個派系，那就沒什麼問題了。

而且本人在內心的某處，也的確是想要財務卿的位子。

大概就是這樣吧。

「也有個男人，因為那傢伙小家子氣的賭博犧牲……唉，這件事等之後再說吧。話說回來……」

雖然這也是個問題，但總之鮑麥斯特男爵活下來了。

這麼一來，又會發生其他的問題。

「林斯塔。你們真的在那座地下遺跡發現了那些東西嗎？」

「是的。」

因為是我自己親眼所見，所以一定沒錯。

魔導飛行船專用的船塢、魔導飛行船、魔法道具工房，以及和魔法道具有關的研究資料。

由於東西多到如果不找專家來看，會無法獲得正確的評價，因此我才先回來這裡報告。

「真是大發現呢。」

盧克納財務卿說得沒錯。

一般的冒險者，就算持續活動到退休，也賺不到那座龍魔像的一隻腳。

小子他們在這種嚴苛的世界，獲得了驚人的成果。

即使扣掉身為優秀的魔法師這點也一樣，那小子或許擁有和別人不同的運氣。

雖然小子自己是將那稱做惡運。

而且他周圍的人經常被那股惡運牽連，就連我也不例外。

「不過，真是令人困擾呢……」

同時，也產生了一個困擾的問題。

只要有稍微思考過，就連不清楚王國財政狀況的我都能知道。

在鑑定完這些成果後，王家就必須按照評估的價值付錢給小子他們。

王家是這塊大陸首屈一指的資產家。

其資產額高到連負責東、西、南部的藩侯們完全不敢謀反的程度，就連唯一可能與其對抗的鄰國，阿卡特神聖帝國的皇家都比不上他們。

那個國家除了皇家以外，還有七個被指定為選帝侯的公爵家。

在決定下任皇帝時，必須從那些家族中選出候選者，讓主要由貴族和大商人組成的貴族會議投票。

並不是像王家那麼穩固的中央集權國家。

我想說的是，就連那個王家都無法針對這次的成果支付報酬。

只要王家有效活用收購的物品，應該就能確實地把支出的錢賺回來。不對，或許資產反而還會增加也不一定。

不過，盧克納財務卿似乎認為讓支付用的白金幣大量流入小子的魔法袋裡，會對王國的經濟造成負面影響。

即使只是暫時性的，他依然不容許王家持有的現金資產一口氣大量減少。

「那麼，要動用王權徵收嗎？」

「那也不太妙……」

在徵收的瞬間，那小子對王國就不會再有任何留戀了吧。

就算身無分文地被扔到荒野，他也有辦法自己生活，甚至可能還會享受那樣的狀況，那小子就是這麼有毅力。

否則也無法在那種環境下活到十二歲，變得那麼達觀。

之前大略從埃里希大人那裡聽說小子在老家時的生活，就曾讓我難掩驚訝。

普通的孩子，不對，如果是小時候的我站在那種立場，個性一定會變得扭曲。

雖然小子平常表現得非常大方，但要是將他逼到極限，他一定會毫不猶豫地捨棄王國，若無其事地到新天地享受新的生活。

這點程度的事情，陛下和盧克納財務卿應該也很清楚。

而那塊新天地，一定會是鄰國阿卡特神聖帝國。

對方應該也會開心地接納優秀的魔法師，並因為假想敵國的戰力下降而笑得合不攏嘴。

小子應該會被鄭重地接納吧。

「首先，是要派遣專家估計那些東西的價值吧。」

「也需要派人警備。」

魔導飛行船的建造、維修用船塢，以及七艘能使用的魔導飛行船。

這些東西所在的場所，與王城意外地接近。

只要好好維修，平常就能當成空軍的重要基地。

在王都陷入危機時，甚至能讓臨時的王宮或政府轉移到那裡。

除此之外，還有大量的魔像、無人的自動修理工房、現成的龍魔像，以及那位伊修柏克伯爵的研究資料，工房內甚至還有他的試作品。

要是有人想把那些東西帶出來就糟了，必須盡快強化那裡的警備。

「居然藏在那座普通的梯形岩山裡面。真是個盲點。」

那些東西究竟值多少錢，就連我心裡都沒個底。

沒想到退休後居然能遇到讓冒險者夢寐以求的龐大寶藏，世事真是難料。

反過來說就是因為太過誇張，所以事情才變得這麼麻煩。

「那麼，關於給鮑麥斯特男爵他們的報酬……」

「嗯——真是令人困擾……」

不付不行，但考慮到造成的影響，又讓人卻步。

呻吟了一會兒後，盧克納財務卿看向韋納總帥。

這道視線，讓韋納總帥冒出冷汗。

雖然冒險者公會討厭來自王國或貴族的干涉，但這裡不是他們的主場，所以韋納總帥也表現得畏畏縮縮。

再怎麼說，他以前都曾經是個有名的冒險者，現在變得如此膽小，真是令人嘆息。

儘管許多第一線的人員都抱持著「是王族或貴族又怎樣！去吃屎吧」的想法，不過也有不少人從第一線轉換跑道，改從事管理職。

這也算是坦率地認清現實。

「關於計算該支付鮑麥斯特男爵多少報酬的事情，還要花上一段時間。雖然這是要等到確定之後才能處理的事情……」

盧克納財務卿，開始與韋納總帥商量。

站在冒險者公會頂點的人，被賦予了總帥這個誇張的稱號。

這是在公會的規模還不大，還是許多老江湖的不法之徒聚集的地方時留下來的習慣。現在已經徒具形式。

即使如此，他們還是努力在不招惹王國和貴族的情況下，努力維持公會的獨立性。

要是感受不到獨立性，底下的人就會對上層施壓，要他們辭職。

這些人因為怕被我搶走幹部的地位，所以拚命想把我趕走，不過與其在這種組織被上面和下面的人夾在中間，我寧願去當別人的專屬魔法師。

「不過公會有規定，必須徵收冒險者的兩成獲益……」

光是向盧克納財務卿確認這種小細節，就已經夠奇怪了。

因為這點程度的事情，就連小孩子都知道。

冒險者公會，就是靠這兩成的上繳費在營運。

財政狀況並不差。

和其他公會相比，冒險者公會對自己負責的觀念較強，除了對新手的支援以外，幾乎花不到什麼錢。

雖然會給殉職的人少得可憐的慰問金，但那點錢頂多只能貼補葬禮的部分費用。

「關於上繳的金額，我想跟您個別商量一下。」

盧克納財務卿說是商量，但實際上也可以說是命令。

他想說的應該是「明明幾乎沒在支援鮑麥斯特男爵他們，卻還想平白要他上繳高額的費用？你們當然不會收吧」。

「這次的案件比較特殊，視條件而定……」

要是王國在這時候要求冒險者公會負責就麻煩了。

韋納總帥立刻就答應了這個條件。

這種像小官員的地方，也是會被前線人員討厭的原因。

「要是完全不徵收，公會方面也會很吃緊。我們會負起責任，幫王宮支付一定的金額。」

雖然不曉得是多少錢，但這麼一來，王國政府必須付給小子的金額，應該能扣除掉他原本必須上繳給公會的金額吧。

因為小子他們能拿到的錢不變，所以應該不會有怨言。

儘管盧克納財務卿說自己的才能和弟弟差不多，但根本就沒這回事。這男人作為財務卿的能力極為優秀。

王國不會追究公會的責任，相對地也不會給他們錢。

正因為是王國政府，才能採取這種亂來的手段。

「幸好公會那邊願意接受這個提議。」

說完這句話後，公會的相關人士就沒必要繼續待在這裡了。

在盧克納財務卿的催促下，他們起身離開房間。

是因為不用負責而感到高興？

還是因為少了金額龐大的上繳費而感到沮喪？

我無法理解他們內心的詳細想法。

即使如此，我還是希望他們能夠安心。

那種爛位子，我死也不想要。

「那麼，接下來總算能講真心話了。林斯塔。」

與公會有關的人一離開房間，陛下就立刻向我搭話。

這裡的真心話，應該是指小子對這次的事件有什麼想法吧。

「好像是『這次真的差點死掉。提出這個王國強制委託的傢伙，以及容許除了布蘭塔克先生以外，不增派其他支援這種狀況的公會負責人給我記住』的樣子。」

「阿姆斯壯，你聽到了嗎？」

「在下無話可說。如果是在下，應該也會說相同的話。」

無論是誰站在那種立場，應該都會這麼說。

我可能會說得更狠一點。

「話說回來，王國這邊提出強制委託的負責人是誰？」

「你覺得除了朕以外，還會有誰？」

我想也是。

就算這時候搬出其他人的名字，只要陛下下達許可，陛下自己就會變成負責人。

「朕也不是萬能的神。因為阿姆斯壯說鮑麥斯特男爵的訓練已經結束，所以朕才擅自判斷應該沒問題並下達許可。這背後不存在任何陰謀。」

「沒想到那座地下遺跡居然有這麼強大的防衛戰力……」

或許這世界的歷史事件的真相，意外地都跟這次差不多也不一定。

後世應該會出現幾個歷史學者，認為是有人在暗地裡行動企圖抹殺小子吧。

「那位某會計監察長呢？」

「那個男人才不會下這種險棋。他只有暗示鮑麥斯特男爵可能已經死亡，讓那個老家的長男空歡喜一場而已。」

就算找到能當成證據的信，他應該也準備了「我只說可能性很高」之類的藉口開脫吧。

就算事後找他抱怨，他也可以說「我又沒寫他真的死了」。

那個白高興一場的長男，這次真的是糗大了。

「盡可能以最低限度的投資，來干擾我的地盤。如果只看這方面的才能，那男人可是個天才。」

據盧克納財務卿所言，他似乎還特地送信給那個老家的長男。

為了縮短時間，不惜使用魔導飛行船，再讓冒險者獨自從布雷希柏格翻山越嶺送過去。

雖然最後還是要花一個半月，要說有縮短時間也滿奇怪的，不過以那個領地來說，這樣的速度的確算快了。

「目前那封信還沒送達。不過，鮑麥斯特男爵還活著。」

只能祈禱這段時間的落差，不會造成什麼奇怪的問題。

「既然當家還活著，就算那個長男請求繼承鮑麥斯特男爵家的爵位和遺產，也只會讓自己出醜而已。」

「的確……」

只能向神祈禱那傢伙不會做出什麼奇怪的事情了。

這也是為了我家領主大人的心理健康。

不過，我家的領主大人似乎也不怎麼喜歡那個長男，所以某方面而言，也可說是彼此彼此。

「計算報酬金額需要一點時間，等派去的警備隊和調查團到了後，就叫那些人和鮑麥斯特男爵換班，讓他們回來吧。」

「我知道了。」

雖然又要直接返回那座地下遺跡，但我並沒有什麼不滿。

既然和那個倒楣的小子扯上關係，這也算是命運。

不過，在那之後我馬上遭遇了一件不幸的事情。

「報酬只能用分期付款了。在支付完之前，就讓鮑麥斯特男爵保有遺跡的所有權，並以使用費的名義多給他一點好處……」

原本嘟囔著該如何計算報酬的盧克納財務卿，突然轉向我說道：

「話說回來，林斯塔，你這次虧大了。」

「虧大了？」

我一開始還聽不懂這句話，但馬上就想起一件恐怖的事實。

那就是公會規定的給指導者的報酬。

「指導者分不到同行的新人冒險者隊伍的報酬。只能領取公會總部規定的報酬。那座地下遺跡的報酬，將個別支付給布蘭塔克以外的五個人。」

「的確是這樣沒錯……」

其實這個規定，是同時給新人冒險者和指導者的優惠措施。

新人隊伍一開始能獲得的報酬通常不多，沒什麼餘裕能再分給指導者。

因此指導者的報酬是由公會按照規定支付。

「雖然我也不知道詳細的規定。」

「是一天一枚銀板。」

新人很難一天賺到一千分。

不過這對優秀的老手來說並不困難。

指導新人某方面算是義工，只是免費幫忙實在太可憐，所以公會才會幫忙提供一點報酬。

原本應該是這樣的制度。

此外，老手冒險者有義務至少要擔任新人的指導者三次，合計時間也要超過一個星期。

「我明明在當冒險者時，就已經履行了這項義務……」

我還記得自己當時指導一個沒有魔法師的新人隊伍，帶他們隨便去附近的領域與魔物戰鬥，吃了不少苦頭。

像小子那樣的隊伍，其實非常稀少。

「這樣啊。那公會應該會多給你一點獎金吧。」

「才沒有這回事。」

盧克納財務卿人也真壞。

為了避免小子他們拿到的報酬變少，他明明就利用責任問題逼冒險者公會放棄了上繳費。

「只給林斯塔七千分的報酬實在太少了。還是從預備費撥一點錢給你吧。」

以一天一千分，工作一個星期來計算，該給我的報酬的確是這個數字沒錯。

雖然沒錯，但一想到經歷的辛苦，還是會讓人想嘆氣。

「朕也從剩餘的年金拿一點錢出來吧。畢竟這次朕也有責任。」

「是的，真是非常感謝……」

果然那個小子似乎背負著奇怪的惡運。

陛下也說要從能自由處分的年金（零用錢）裡撥一點錢出來當報酬。

考慮到這次與會者的身分，部分金錢的來源應該會被竄改吧，但知道實情的我壓力好大。

「對了，林斯塔。別讓年輕人背負多餘的負擔。」

不只如此，他們還提醒我不能把這些事情說出來。

這下六個人當中，最不幸的人一定是我。
除了接受以外，我沒有其他選擇。
不過陛下應該知道我會向領主大人報告，而領主大人也不可能將這些事洩漏給別人。
小子，你知道嗎？你接下來到死為止，都要在這個魔窟與這些大人來往啊。
不過畢竟是那個小子。
就算得到一大筆錢，也會說沒地方用，直接收進魔法袋裡吧。
「那麼，包含林斯塔在內，之後我們會再正式傳喚你們。」
「我知道了。」
就這樣，讓我累積了多餘壓力的祕密會議結束了。
過幾天如同祕密協議的內容，我獲得了一筆追加的報酬。
雖然和小子他們的報酬相比算少，不過對一般人來說算是很大的金額。
不過一想到這些報酬是從國家預算的預備費和陛下個人的年金撥出來的，就讓我覺得沮喪。
雖然這不符合我的風格，但總覺得這筆錢不應該花在玩女人上面。
再來就是冒險者公會給我的報酬。
「還真的按照規定只用一星期來計算，給我七千分啊。去死吧！」
那些傢伙果然只是小官員。
就算錯過了大筆的上繳費，在這方面依然不懂得變通，讓人只能苦笑。

那些人真的是死了算了。

話先說在前頭，就算那些傢伙死了，我也完全不打算擔任公會的幹部。

除此之外，還有另一件事。

那就是雖然也有參與那場會議，但從頭到尾都一語不發的霍恩海姆樞機主教的事情。

他在會議中，一直面無表情地保持沉默。

跟著負責向陛下報告的韋納總帥一起來的副總帥以下的幹部們，一直臉色蒼白地想討好霍恩海姆樞機主教。

這是因為要是惹惱了樞機主教，神官冒險者可能會被強制召回，公會也會少了一項用治癒魔法治療的福利。

霍恩海姆樞機主教差一點就失去了可愛的孫女和準孫女婿，自然不可能以笑容應對那些傢伙。

因為是冒險者，所以某種程度上算是自己的責任，不過公會這次的應對過於草率，實在是無可包庇。

『那個，霍恩海姆樞機主教？』

『那個……關於增加獻金的事情，站在公會的立場……』

即使面對副總帥以下的那些幹部們的提案，他也一直保持沉默。

因為他真的什麼也沒說，所以反而讓人覺得恐怖。

而且霍恩海姆樞機主教，連對陛下、阿姆斯壯導師和盧克納財務卿都是一句話也沒說。

在我因為公會那筆微薄的報酬而震怒的一個星期後，包含韋納總帥在內的那些現任高層幹部，全都以健康狀態為理由一齊辭職了。

接任的總帥和幹部跟我多少有點關係，因此我從他們那裡聽說組織內部的流通，也因此稍微改善了。

與此同時，我也覺得這件事還是不要告訴小子和艾莉絲姑娘比較好。

第十二話　過多的報酬

「總而言之，艾莉絲不僅茶泡得好，晚餐的味噌燉菜也非常美味。就連早餐都俐落地幫我準備好了。」

「不愧是在下的外甥女。這下可以放心地將她嫁給鮑麥斯特男爵了。」

「唉，雖然我們在那之前差點就沒命了。」

「這個嘛……」

在身為冒險者的出道戰，我們就被派去探索接連讓許多人一去不回的地下遺跡，後續發生的事情只能用激戰或死鬥來形容。

與裝備了祕銀和奧利哈鋼的複合裝甲的龍魔像戰鬥，被強制轉移魔法陣「逆向虐殺陷阱」強制轉移到地下遺跡深處，以及和大量魔像軍的激烈戰鬥。

最後還出現了一隻性能比一開始那隻還強的第二隻龍魔像，讓我得一面在意剩餘的魔力量，一面與它展開死鬥。

坦白講，我真佩服我們能夠活下來。

靠魔法與藥物強化身體能力的那場為期一星期的戰鬥，讓我們的精神和肉體都疲憊不堪。

我甚至難得直接對把這種委託丟給我們的王國和冒險者公會表露出負面的感情。

即使如此，總算成功完成委託的我們，還是在隔天前往王城露面。

這是因為探索那座地下遺跡本來就是來自王國政府的委託，發現的東西又過於特殊，所以冒險者公會叫我們去王城聽關於報酬的事情。

我與首先遇見的阿姆斯壯導師一面閒聊，一面前往謁見廳。

不過我講的內容，布蘭塔克先生事先似乎都已經報告過了，針對地下遺跡和戰鬥的事情，阿姆斯壯導師也沒提出什麼問題。反倒是一直問我艾莉絲平常過得如何。

當然阿姆斯壯導師自己，對能使用魔法的外甥女也十分關心。

大概是怕若問了多餘的事情，可能會讓我在王宮內動怒吧。

「呃，就先聊到這裡吧。」

「嗯……」

畢竟王宮內有很多人會偷聽，像這樣集合起來的傳聞，也多半會傳到他們主人的耳裡。

因此講太多話也不太好。

當然，那些人的主人都是貴族。

而且在那些貴族中，也確實有些人因為我為了這次的事情和王國起爭執感到開心，並打算加以利用。

最明顯的例子，就是盧克納財務卿的弟弟。

也因為這些事情，身為我的魔法師傅，阿姆斯壯導師應該也費了不少工夫在背後協調吧。

「（是因為那個某會計監察長嗎？）」

「（你果然也知道啊……）」

我怎麼可能不知道。

畢竟現在幫我管理王都鮑麥斯特男爵家的傭人們的，就是那個人的親生兒子。

＊＊＊

「喔喔喔！主、公、大、人——！」

就在我們將管理發現物的工作交給從王都來的警備隊，回到家的時候，某人突然以彷彿要破壞房門的氣勢打開門，衝過來緊緊抱住我。

「咦！」

「居然來不及反應！」

對方的動作快到連擔任我護衛的艾爾和伊娜都嚇了一跳，這也是理所當然。

因為他不僅是個槍術高手，還同時擁有許多專長，他就是我鮑麥斯特家的總管，羅德里希。

「不肖羅德里希！真的好擔心您啊——！」

「我知道了啦！我的骨頭要碎了！」

試著僱用看看後，我才發現羅德里希就像是個雖然不會使用魔法，但多才多藝的阿姆斯壯導師。

儘管他不像導師那樣滿身肌肉，但在我的前世，似乎將這種人稱作精瘦體型。

他看起來比外表有力，而且因為好不容易找到工作，所以總是顯得太有幹勁。

就連其他傭人也說「有時候會跟不上他的節奏」。

雖然羅德里希在工作方面既優秀又認真，但他總是表現得非常興奮，導致一直跟他在一起會變得很累。

或許這也是他之前一直找不到工作的原因之一。

「不肖羅德里希！一想到要是主公大人有什麼萬一——！」

「我知道了啦——！」

這樣的他，以彷彿在說「骨頭啊，碎裂吧」的氣勢，用力抱緊一星期沒回家的主人。

不曉得是不是錯覺，感覺背部的骨頭似乎正在喀喀作響。

「面試兩百零七次後，總算找到的工作啊——！」

「我知道了啦！」

話先說在前頭，我和羅德里希都沒有同性戀的傾向。

只是在看到主人回來後過於感動的羅德里希，自己擅自失控而已。

話說我剛剛才知道。原來羅德里希的面試經驗，多到連我前世被資遣的上班族聽了都會臉色蒼白的程度。

如果是前世的我，應該早就對世界絕望，變成尼特族了。

然而，這在這個世界似乎並不稀奇。

由於沒有戰爭，除了少部分在武藝大會取得好成績的人以外，想侍奉貴族就只能靠地緣或血緣這些關係，無論再怎麼優秀，來路不明的新人都很難被貴族任用。

雖然我是後來才聽說，不過羅德里希的狀況，是因為他不僅是貴族的私生子，還沒被認領。只要知道這個背景，貴族們自然會想避開他。因為有可能招惹到他的父親，所以這也是理所當然。

在武藝大會也有取得優秀成績的羅德里希之所以找不到工作，就是因為這樣的理由。

「主公大人，是鄙人的希望——！」

「喂，羅德里希先生。你快把那個希望折斷了。」

「啊……」

羅德里希總算因為艾爾冷靜的一句話而回過神，帶領我們到客廳，接著女僕馬上就端出了瑪黛茶。

這位女僕是個擁有棕色頭髮，年紀比艾莉絲稍微年長一點的可愛女孩，她的母親似乎是霍恩海姆家的女僕長。

原來如此，我總算理解求職也需要靠關係的理由。

順帶一提，她的名字叫多米妮克，而且從小就經常和艾莉絲一起玩。

也就是所謂年紀較大的青梅竹馬。

多米妮克年輕歸年輕，依然是個優秀的女僕。絕對不是只靠關係就受到優待。

而且即使能靠關係找到工作，一旦讓被介紹的地方感到失望，那麼介紹的人也會丟臉。就算能靠關係找到工作，也不一定會比較輕鬆。

「雖然比不上艾莉絲大人泡的瑪黛茶，但請用。話說羅德里希大人的毛病又犯了嗎……」

「我背部的骨頭……」

「威德林大人，我來替您施展治癒魔法。」

「謝謝妳，艾莉絲。」

姑且不論明明連在地下遺跡迷宮裡都幾乎沒受傷的我，為什麼會在自己家裡受到這種待遇，在喝了多米妮克泡的瑪黛茶後，我們總算鬆了一口氣。

「不肖羅德里希，真的好擔心啊。」

「就探索遺跡來說，一個星期算是正常的吧。」

畢竟是冒險者，一個星期沒回家應該算是正常狀況。

就算先不提冒險內容一點都不普通這點也一樣。

「是這樣沒錯……」

其實羅德里希在還沒找到雇主的時期，也曾為了生計加入過冒險者公會，並以冒險者的身分展開活動。

他現在也還沒提交退休申請書，所以文件上仍是個冒險者。

「不肖羅德里希，沒有探索過地下遺跡。」

因為要兼顧求職活動，所以他並沒有和任何人組隊，他的得意技是槍術大車輪，主要的戰場則是在近郊的森林和從前幾年開始開放的帕爾肯亞草原。

而且以獨立行動的冒險者來說，他還算是賺了不少錢。我記得以前他拿卡片給我看時，我還曾經被他的戰績嚇了一跳。

「而且，有些鼠輩在散布主公大人可能已經死掉的傳聞……」

這棟房子位於男爵以上的貴族居住的上級貴族區，因此很容易聽見各種流言蜚語。

羅德里希和傭人們出去辦事時，就算不願意也會聽見許多傳聞。

包含上級貴族專用的各種店鋪，以及幫忙介紹與派遣修繕房屋的工人或修剪庭院的園丁的工匠公會在內，被各種貴族家僱用的傭人經常聚集在這類店鋪或設施，然後同行的人就會在不違反守密義務的範圍內，討論在僱用自己的貴族家聽見的傳聞。

雖然偶爾也有人因為違反守密義務而被開除，但這些其實都是貴重的判斷材料，讓大部分的人能夠從客觀的角度判斷自己工作的貴族家的狀況，避免自己成為奇怪貴族的受害者。而奇怪的貴族家，的確馬上就會傳出流言。

雖說是雇主，但平民們為了保護自己，也是非常拚命。

然後前陣子為了找修剪庭院的園丁而前往工匠公會的羅德里希，似乎聽見了我們可能已經死掉的傳聞。

「這個傳聞是誰流出來的？」

「一開始還無法特定……」

感到在意的羅德里希，似乎調查了那個傳聞的出處。

然後發現那個傳聞是來自某個男爵家。

「就是那個男人。」

盧克納財務卿的弟弟，羅德里希基因上的父親，盧克納會計監察長。

他家的傭人們騙大家說是從別人那裡聽來的，藉此散播這個謠言。

羅德里希露出嚴峻的表情。

他根本就沒把盧克納會計監察長當成父親看待。

因為對方不僅遺棄了帶著小孩的母親，也沒認領自己的孩子，所以這也是理所當然。

「別隨便把人殺掉啦。」

雖然是件過分的事情，但這樣似乎很難構成罪名。

傳聞畢竟只是傳聞，他們只有說「我可能死了」，並沒有斷言「我已經死了」。

考慮到貴族的習性，當事人們在聽見這些傳聞後也不會完全當真，信用度大概只和我前世的○京體育報差不多。

儘管偶爾真的會有完全說中的例子。

「這當中也摻雜了希望您死掉的願望吧。」

「我有做過什麼讓盧克納弟弟怨恨的事情嗎？」

「不。只是因為主公大人和他怨恨的財務卿閣下關係良好，所以他才看您不順眼吧。」

關係惡劣的兄弟。

總覺得無法認為事不關己，這是我的錯覺嗎？

「就為了這種理由。」

在感到荒謬的同時，我心裡也湧出了「其實我和那個對錢很囉唆的大叔的關係一點都不好啦」的想法。

這種關係，就是前世所稱的孽緣吧。

還是該說「錢在人情在，錢盡緣亦盡」呢？

「不過，既然威德林大人已經平安無事地回來……」

「是的，夫人。再也沒什麼比這更沒意義的謠言了。」

羅德里希簡潔並恭敬地回答艾莉絲。

雖然我和艾莉絲還沒正式結婚，但羅德里希已經將她視為正妻，稱她為「夫人」。

「而且，鄙人也已經報復回去了。」

惡意的謠言，就要用同樣惡意的謠言來報復。

貴族就是這種生物，羅德里希也以貴族的方式，反過來散布謠言。

另外，關於羅德里希為什麼要用「鄙人」來稱呼自己。

雖然這世界也有這個詞，但只會出現在類似古代時代劇的書籍裡面，一般的日常生活中，是聽不見這個詞的。

「喔，你反擊啦。」

「正是如此，露易絲大人。」

「你散布了什麼樣的謠言？」

「這個嘛。伊娜大人……」

由於盧克納弟弟散布了「鮑麥斯特男爵他們一直沒從地下遺跡裡出來，可能已經死掉」的謠言，因此羅德里希反過來散布「他們的死，可能和盧克納會計監察長有關。該不會是盧克納會計監察長動用權力，對冒險者公會做了什麼吧？」的謠言。

因為這也只是在闡述可能性，所以後面加了個問號。

只要沒超出充滿不確定性的謠言的範圍，盧克納弟弟就無法抱怨。

何況還是他自己先做出相同的事情。

「而且既然威爾現在已經平安歸來，那大家應該都發現他們散布的謠言是騙人的了。反倒是盧克納會計監察長那邊……」

艾爾說得沒錯，和盧克納弟弟有關的謠言，是屬於不容易消失的類型。

即使我平安回來，也不能消除他真的對冒險者公會做了什麼的可能性。

盧克納弟弟是有官職的人，對貴族的影響力比普通的男爵還強。

身為會計監察長的他，就算為了指摘預算在執行上有什麼缺失而前往冒險者總部，也不是什麼奇怪的事情。

畢竟冒險者公會同時也是吸收年輕人和不法之徒等對社會不滿的組織，王國也有頒發補助金。用前世的方式來比喻，就是類似針對年輕族群的僱用輔助金，或是用來確保食用肉的輔助金吧。

「明明可能真的是為了工作才去冒險者公會，盧克納弟弟真可憐呢。」

「既然對方有可能與我們敵對，那無論哪個貴族家，都會散布這種程度的謠言。」

「有種謀略的感覺呢。」

「那個男人原本就經常用這種謠言來攻擊敵對勢力。偶爾反過來被這種謠言傷害，也是個很好的教訓。」

羅德里希不僅憎恨，還非常了解自己的親生父親。

甚至還用了與父親相同的手段反擊。

雖然要是羅德里希本人聽了可能會生氣，但我真的覺得「血濃於水」這句話很有說服力。

「他似乎因為鄙人散布的謠言，感到非常困擾。」

「因為那傢伙真的很可能這麼做？」

「是的。」

不論我是生是死，基於他過去的種種惡行，這個充滿現實味的謠言已經傳遍了貴族社會。如果是事實，他之後或許會被處罰，不過既然我還活著，應該是不會發生這種事吧。

不過就連這樣的結果，都會被世間認為是他濫用了會計監察長的職權才逃過處罰。

被自己至今當成武器的謠言反擊，對他來說應該是一個失算吧。

「看起來也有點像是他自己自尋毀滅……」

「對這種人來說，反過來怨恨別人也是常見的手段。主公大人接下來也要多加提防。」

「要是這時候亂來，感覺只會讓傷害擴大……」

在我平安回來以後，和盧克納弟弟有關的謠言，依然持續在貴族社會流傳，他也被迫必須安分好一段時間。

不如說因為我和他根本沒直接見過面，所以我只覺得他是個會在周圍擾人清淨的男人……

因為這種程度的謠言而停止攻擊我這個當事人的狀態，不可能持續很久。

我對羅德里希下達要暫時緊盯盧克納弟弟的指示。

＊　＊　＊

「（真的有這麼無藥可救的貴族嗎？）」

「（你講得真狠。在下也是貴族，所以希望不是所有的貴族都是如此。）」

我和阿姆斯壯導師一起走在王城內的走廊上。

之所以壓低音量說話，是因為包含了批評貴族的內容。走在我們後面的艾莉絲，和艾爾一起露出了「講這種話沒問題嗎」的表情。

特別是艾莉絲知道自己的舅舅經常做出辛辣的發言，因此似乎在擔心我們批判貴族的談話會愈演愈烈。

伊娜和露易絲則是維持面無表情。

「就先聊到這裡吧。」

「說得也是。」

「雖然能夠理解，但那本書就某方面來說也滿辛辣的……」

導師說的那本書，是我昨天託羅德里希找來的名叫《阿卡特神聖帝國的文化與歷史》的書。

關於鄰國阿卡特神聖帝國的資料意外地少。

貿易與人民的交流都只限於彼此的首都及其周邊，由於姑且算是假想敵國，因此兩邊都不想輕易將情報洩漏給對方。

雖然平常應該有互相派遣間諜，但兩國政府大概不會輕易對世間公布辛苦獲得的情報。

特別是中央以外的地方。

在我以前待的南部地區，頂多只有偶爾會看見進口商品，雖然我也是最近才知道的，但兩國的政治制度似乎並沒有太大的不同。

由於下一任皇帝是透過議會投票決定，因此看起來似乎稍微偏向民主主義，不過議員大多是貴族和皇族，候選者也都是出身皇族或選帝侯，根本沒有平民出場的餘地。

實質上和赫爾穆特王國沒什麼不同，我就算搬去那裡住，應該也不用擔心環境會差太多。

「因為是北方，所以冬天應該會稍微冷一點吧？要是能去那裡旅行就好了。」

「不，根據友好通商條約，外國人只能待在彼此的首都和規定的區域。」

阿姆斯壯導師不知為何一面流汗，一面回答我的問題。

「喔，你知道的真清楚呢。」

「大約十年前，我曾經以親善團其中一員的身分去過那裡。」

距離停戰已經過了兩百年以上。

兩國每十年會互相派遣一次親善團，在國王或皇帝更迭時，也會派遣外交團。

不愧是阿姆斯壯導師。

居然能被選為那麼重要的親善團的一員。

「順便問一下，以前有人逃亡到另一個國家嗎？」

「也不是沒有……」

「喔，是因為什麼樣的理由逃亡呢？」

「……」

我們已經抵達謁見廳，再來只要等陛下登場而已，這段期間，阿姆斯壯導師一直用手帕擦著從額頭流出的汗水。

ĀKĀTO神聖帝国ノ
文化ト歴史

「辛苦了。聽說你們遭遇了不少困難。」

「是的，我差點以為自己會死掉。」

「這樣啊……」

就算在這時候說謊也沒意義。

我概略地向來到謁見廳的陛下，說明在地下遺跡發生的死鬥。

這次的傳喚，是因為發現的東西太過特殊，所以王國這邊也認為有謁見的必要。

仍在地下遺跡維持運作的魔法道具工房，以及魔導飛行船專用的建造、修理船塢，一定都會被王國收購。

坦白講即使交給我處理，我也不曉得要怎麼用。

反正我也無法靈活運用，還是賣給想要的人最好。

除了王國政府以外，一般人也被禁止擁有魔導飛行船。

正確來說，是被禁止擁有超過一定大小的魔導飛行船。

光是要確保能啟動小型船的魔晶石就夠困難了，因此只有少數的貴族或商人擁有。而小型船的有效移動距離，頂多只有約三百公里。

大貴族偶爾會用來將人或物移動到附近的地區，也有些貴族會和鄰近的幾個貴族家，一起共用一艘。

由於不適合進行長距離運輸，因此就結論而言，除非是沒有河川的內陸地區，否則還是在海上跑的船比較快。

實際上，布雷希洛德藩侯也擁有許多艘普通的大型船。

「聽說先前派去的冒險者無人生還。」

「是的。」

先一步前往探索的冒險者前輩們，全都被龍魔像的吐息給燒死了。

就連遺骨都被燒成灰，從散落地面的那些殘骸，根本找不到能證明他們身分的物品。

我們在那個現場，就只有找到部分裝備燒剩的金屬片而已。

沒有在出道戰就看見屍體或許算是件好事，不過如果我們失敗，也會變成那樣。

這麼一想，這次的出道戰的確非常引人深思。

「這樣啊，那麼我們就祈禱犧牲者們在另一個世界也能過得幸福吧。然後，關於誤判戰力讓你們遭遇危險這件事。朕只能向你們道歉。」

「陛下！」

在一旁待命的部分貴族驚訝地大喊，不過一國之王對臣子道歉的確是件非常稀奇的事情。

「沒關係。要是無法承認自己的錯誤和謝罪，那國王也不過是個傲慢的獨裁者。」

話雖如此，陛下的謝罪似乎是既定的事項。

只有一小部分的人感到驚訝，盧克納財務卿更是一臉從容地在確認文件。

「不過，各位第一次上陣就取得了碩大的成果呢。」

「這都多虧了我的惡運。」

「的確是惡運。畢竟要是普通的冒險者，可能什麼都沒得到就死掉了。」

就連冒險者公會裡的知名一流冒險者，最後都未能生還。如果這不叫惡運，那還能叫什麼？

「指導者和隊伍成員都非常優秀也是原因之一。」

「這麼說來，除了艾莉絲以外，其他人都是第一次見面呢。」

當然，我的隊伍成員們也都在我的背後待命，大家都一語不發。

大家平常根本沒有機會和國王見面，所以從剛才開始就一直維持緊張的表情。

就連三人之中最厚臉皮的露易絲都是如此，可見國王對他們來說，真的是雲端上的人物。

雖然艾莉絲以前就見過國王幾次，但表情還是變得比平常僵硬。

「艾莉絲，我們三年沒見了吧？」

「是的，久疏問候，還請見諒。」

「妳變漂亮了。妳覺得未來的丈夫，鮑麥斯特男爵怎麼樣？」

「是的，他是位非常溫柔的人。」

「這樣啊，那太好了。」

不愧是霍恩海姆樞機主教的孫女，居然能讓陛下向她搭話。

而且她也正常地回答。

「再來是艾爾文．馮．阿尼姆，以及伊娜．蘇珊．希倫布蘭德吧。瓦倫他們曾說過非常期待你們的將來喔。」

「瓦倫大人一直對我照顧有加。」

「真是倍感光榮。」

陛下知道兩人出入近衛騎士團接受訓練的事情，同時也默認這樣的行為。

「妳就是露易絲・尤蘭妲・奧蕾莉亞・歐佛維克嗎？居然能引起阿姆斯壯的注意，真是了不起呢。」

「這都多虧了導師的指導。」

露易絲使用魔力的格鬥能力，甚至獲得了指導她的阿姆斯壯導師的認同。

她的魔力雖高，卻與魔法無緣。不過那充沛的魔力，甚至賦予了身材嬌小的她能擊倒龍的力量。所謂的截長補短，就是指這樣的狀況吧。

而且就算緊張，她還是輕鬆地回應了陛下，這樣看來，露易絲或許是三人裡面最能適應這種場面的人。

雖然她的外表怎麼看都只有約十二歲。

「真是優秀的隊伍成員呢。我期待你們的表現。」

陛下平常非常忙碌，似乎無法在我們身上花太多時間。

稍微打個招呼後，謁見的部分就結束了，再來的正題是要如何處置地下遺跡。

結果關於差點在地下遺跡死掉這件事，我們也不太能抱怨。

儘管我有稍微對阿姆斯壯導師發了一點牢騷，但陛下很快就道歉，我心裡的小市民個性也輸給了謁見廳的氣氛。

就我的狀況來說，除非我轉生成王族，否則根本不可能對國王大人表示抗議。

然後關於今天的謁見，布蘭塔克先生不知為何因為身體狀況不佳而缺席。

此外身為指導者的他似乎只能從公會那裡領到最低限度的報酬，無法和我們一起瓜分這次的報酬。

既然如此，的確沒必要特地來見陛下讓自己緊張。

仔細想想，他還真是個可憐的人。

「那個，關於魔導飛行船用的造船、維修船塢……」

在之後的調查中，似乎也找到了緊急用與運貨用的出入口和通風口。

而且那似乎是個遠比現存的所有設施都要優良的船塢，魔晶石以外的部分也都建造得非常有效率，是能夠輕鬆進行修理或維修的優異設備。

「目前正在計畫將空軍基地移到那座船塢的計畫。那裡離王都也很近，我們正在將目前的船塢兼魔導飛行船機場的主要機能轉移到那裡。現在的設施主要將被當成機場，在參考那裡的船塢進行改建後，當成備用的船塢。」

空軍平常的主要業務，似乎是修理與維修魔導飛行船，以及運輸旅客。

接下來將強化我們最早降落的港口的起降機能，同時參考新發現的船塢，對鄰近港口的現存船塢進行改建。

作為備用的船塢，那裡似乎能用來強化空軍的戰力與據點。

「雖然目前還是屬於你們的東西，但關於魔導飛行船，王國擁有優先權。請你們見諒。」

「是的，那當然。」

假設讓我私有七艘魔導飛行船和大型船塢，並開始獨自在王都附近運用這些東西。

慫恿陛下「鮑麥斯特男爵很危險」的貴族一定會變多。

因此還是早點賣掉比較安全。

「關於製造新的魔導飛行船，雖然在魔晶石的製造技術方面還有許多課題要研究，但裝在造船廠內的那七艘魔導飛行船引擎上的魔晶石都沒事。只要注入魔力再稍微維修一下，馬上就能使用了。」

關於製造巨大的魔晶石，只要研究同時發現的伊修柏克伯爵的工房與書房內的書，或許就能有所進展，因此現在似乎正快馬加鞭地進行調查與解析。

「那兩座龍魔像也很危險，目前正在分解和解析。」

它們使用了大量的祕銀和奧利哈鋼當成材料，內部的機構也用到了至今未曾見過的設計。

此外，它們使用的魔晶石似乎也非常大。

話說回來，第二座魔像甚至還附了能從外部補充魔力的纜線。

地下遺跡內還有魔像專用的無人修理工房，那裡裝設了超大型的主要和次要魔晶石，用來代替電池讓那裡運作。

古代的名匠伊修柏克伯爵，似乎是個非常神經質的人。

畢竟他不惜花費天文數字的代價，在地底下打造了自己專用的祕密基地。

「那個魔晶石也能用來讓其他魔導飛行船重新啟動，所以真是幫了大忙。」

接著是那些停止活動的大量魔像。

雖然從損傷嚴重到單純停止動作的個體都有，不過總計有一萬個以上，現在士兵們正辛苦地將它們排到地下遺跡的空曠地帶，開始計算數量。

「每個魔像都裝了人工人格的結晶和能讓它們長時間運轉的魔晶石。」

這點我們也有確認過。

關於人工人格的水晶結晶，後續似乎還需要繼續研究。

不過魔晶石只要正常地取下來，就能直接使用。

就算沒辦法用在大型魔導飛行船上，依然能當成魔法道具的材料或裝在公共建設方面的魔法道具上，所以有多少都不夠。

「魔法道具公會立刻就發現這件事，一直吵著要我們賣給他們。」

泛用型的魔法道具最麻煩的地方，就是製造相當於電池的魔晶石。

既然有一萬個以上現成的魔晶石，當然會希望能盡可能入手，以縮短交貨期限。

「那些魔力回收面板雖然不怎麼起眼，但也是非常棒的成果。」

最後是那個能回收空氣中魔力的面板，構造似乎比想像中來得單純，現在已經開始進行試作和研究它的用途。

「如果是魔導路燈那種程度的消耗量，只要在路燈上裝設面板，就能削減經費。」

在王都與主要都市普及的魔導路燈，必須定期請魔法師替路燈的魔晶石補充魔力。

如果能省下這些工夫，應該能縮減許多經費。

而且反正幫路燈補充魔力的魔法師，工作也不會因此減少。

在公共建設方面，還有許多其他必須補充魔力的魔法道具，例如因為魔法師不足而無法補充魔力、長期荒廢的設備，或是明明需要卻無法設置的東西。

除了這些以外，還有一個東西有人願意收購。

那就是害我們陷入不幸的「逆向虐殺陷阱」的魔力吸收型強制轉移魔法陣。

只要持續研究這個東西，或許能讓幾個人自由地在魔法陣之間移動。

魔導公會為了獨占這項技術，似乎願意高額收購。

從我的角度來看，就只是中了一個陷阱，所以沒什麼賺到的感覺。

「雖然朕的失誤害你們遭遇了不少災難，不過以剛出道的冒險者來說，這是最好的結果吧。關於鮑麥斯特男爵你們這次發現的成果，王國打算全部收購。不好意思，朕也只能做到這樣。」

「唉，這麼說也沒錯。」

就這樣，我結束了和陛下第三次的謁見，我也差不多想回到普通的冒險者生活，這種想法應該不算奢侈吧？

即使能使用魔法，也難以擺脫世間的枷鎖，這證明了果然這個世界也沒那麼輕鬆。

「關於收購的估價，就交給盧克納財務卿處理吧。」

即使弟弟散布了奇怪的謠言，某財務卿依然笑瞇瞇地告訴我估價結果，看見他這副模樣，讓我再次感覺到貴族社會真的是有夠麻煩。

＊　＊　＊

「呃……能用的魔導飛行船七艘，一艘一千五百枚白金幣，合計一萬零五百枚。龍魔像兩座，現成的祕銀與奧利哈鋼素材和魔力回收面板合計八千枚白金幣。魔像部分，士兵型一萬兩千五百座，騎士型八百五十座。關於這方面的估價，有些個體損傷嚴重，只剩金屬素材能夠使用。不過考慮到有許多現成的新型人工人格，以及無人修理工房，所以合計一萬八千枚白金幣。再加上同時發現的伊修柏克伯爵的工房和書房內的龐大研究資料、今後將成為王國魔導飛行船基地的造船廠、運轉用的兩顆超大型魔晶石，以及地下迷宮內現成的魔力吸收型的強制轉移魔法陣，這個似乎將由魔導公會收購來研究。此外這次是王國強制委託，報酬會較為豐厚，再加上前兩支探索隊全滅，因此公會那裡也提高了報酬……」

結束與陛下的謁見，前往公會本部後，那裡的櫃檯小姐一面僵著臉，一面為我們說明這次的報酬。

一口氣講這麼多話，真虧她沒有咬到舌頭。

這位姊姊一定是專業的櫃檯人員。

「簡單來講，大概是多少錢？」

「呃……一個人兩萬枚白金幣。」

「兩萬枚！」

聽見這誇張的金額，不只是我，艾爾他們也驚訝得說不出話來。

不曉得是不是心理作用，感覺櫃檯的小姐也臉色蒼白。

「因為是平均分配給屠龍者的五位成員。不過報酬會以二十年的分期付款的方式支付。考慮到是分期付款，所以還要再加上利息的部分，請把這當成是扣掉每年要繳的稅金後，計算出來的金額。另外，要給公會總部的上繳費，也由王國方面負擔。」

就算突然拿到兩萬枚白金幣，也只會讓人困擾，而且王國是否有這麼多白金幣，也讓人感到不安。

因此報酬是二十年的分期付款，麻煩的稅金也已經事先支付，要交給冒險者公會的上繳費，也不需要支付了。

總覺得好像有哪裡怪怪的。

根據這世界的常識，在獲得一大筆錢後，應該會被稅金、會費和手續費給扣掉大半才對。

與其說是寬大處理，不如說有股不好的預感。

「話說布蘭塔克先生的分……啊，原來如此。」

「因為布蘭塔克先生這次是指導者……」

通常指導者只是負責陪新人，就算能一起分享報酬，也往往拿不到能夠滿意的金額。

因此一般是由公會按照規定支付報酬。

「因為公會的規定，布蘭塔克先生少賺了一筆大錢呢。」

「唉，反正我也不需要。」

此時，布蘭塔克先生本人出現了，他似乎對豐厚的報酬沒什麼留戀。

比起這個，明明聽說他因為身體狀況不佳，所以今天無法謁見陛下，但他現在怎麼看都很健康。

「小子，這你就別多問了。」

布蘭塔克先生似乎不想出席那種沉重的場面，何況他原本就不是正式的隊伍成員。由於有阿姆斯壯導師能照顧我們，因此他就以身體不舒服為理由請假了。

「那種大錢，就算給我這種老頭也花不完。比起這個，你們可別因此就荒廢生活喔。」

似乎有很多冒險者，在幸運得到一筆大錢後就荒廢了生活。

因此布蘭塔克先生特別提醒艾爾他們。

「反倒是若我們之中接下來有人能破產，那還比較稀奇吧？」

「就某種意義來說，或許會名留青史呢。」

艾爾說得沒錯，有辦法花光相當兩兆圓的錢並破產的人，就某方面來說的確是很稀奇。

話說這筆錢到底該怎麼用比較好。

替整棟房子裝上祕銀和奧利哈鋼的裝甲……

由於實在太沒意義，我立刻打消這個念頭。

還是每天吃龍肉比較好呢？

考慮到至今的生活水平，我完全想不到該怎麼用。

「不過你們運氣真的不錯呢。」

明明是新人，卻被迫接下困難的強制委託，一般應該算是運氣不好，結果卻發現出乎意料的寶藏，獲得一大筆財富。

按照布蘭塔克先生的說法，超一流的冒險者除了實力以外，運氣也很重要。

這樣聽起來，的確是滿有說服力的。

「就這點來說，你們已經是超一流的冒險者了。這表示之前死掉那些人，雖然是一流，但還不到超一流。」

總而言之，我們的出道戰就這樣平安無事地結束了，暌違了兩年半，我們總算要將生活的重心移到布雷希柏格。

不過布雷希柏格那裡，一定也會發生不少事吧。

「屠龍者」
Before and After

【藤ちょこ】

十二歲版本，我記得因為這時候還是冒險初期，不能設計得太華麗，所以反而費了一番工夫。因此十五歲版的衣服畫起來很開心！

關於眼睛的亮點，十二歲時是畫在上半部，但十五歲以後，就是畫在下半部。光是這樣就能讓印象差很多。

【Y.A】

總算有點魔法師的樣子了。至今都因為家庭或身高原因而顯得不起眼。加上內在的問題，讓他展現出超齡的達觀。雖然這也是他無法擺脫貴族枷鎖的原因之一。

艾爾文·馮·阿尼姆

【藤ちょこ】

因為俊美度大概是威爾＞艾爾，所以我在畫的時候都有注意這方面的平衡。成長後，他的五官變深了。臉部各個部位的畫法，我有盡量不讓他和威爾重疊。

【Y.A】

艾爾成長為魁梧又健壯的劍士。之後他還會因為被捲入威德林的惡運吃不少苦，而且偶爾還要負責吐槽威德林奇妙的言行，因此非常需要體力。

伊娜・蘇珊・希倫布蘭德

【藤ちょこ】

其實這是我最喜歡的設計。初期因為過於華麗而取消的長槍設計，在十五歲版復活了。雖然因為艾莉絲太厲害而顯得不起眼，但其實她的胸部還滿有料的！

【Y.A】

伊娜是身材高瘦的模特兒體型。因為個性普通，所以能夠抑制青梅竹馬的夥伴露易絲，以及偶爾會做出奇怪舉止的威德林。就像艾爾對劍很講究一樣，她對槍也很講究。

露易絲・尤蘭妲・奧蕾莉亞・歐佛維克

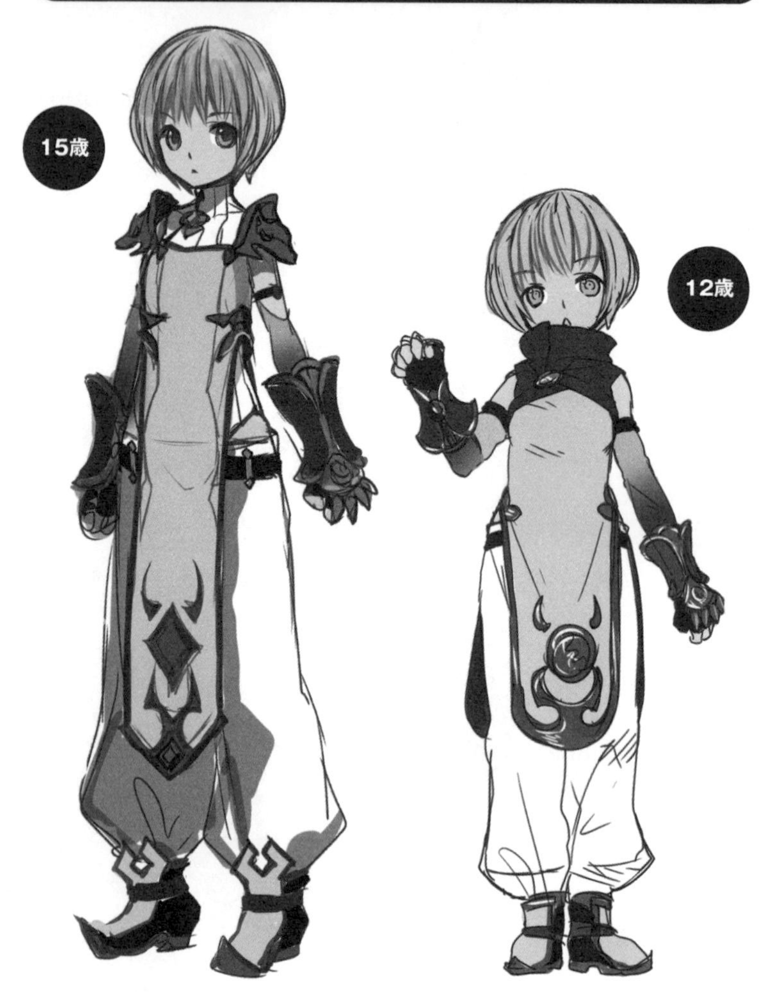

【藤ちょこ】

十二歲之後的變化最少的一個。

道服底下還有一件類似白色學校泳裝的衣服。重點在於褲子上方隱約露出了肌膚。因為她自稱為魔性之女，所以一定是故意的。

【Y.A】

雖然姑且有長高，但外表不知為何完全沒變。長相也一樣年幼，感覺不到年齡的增長。在不同的意義上，的確是魔性之女。此外本人還沒有放棄成長。

艾莉絲・卡特琳娜・馮・霍恩海姆

【藤ちょこ】

巨乳角色的平衡好難抓……！

我曾經煩惱過主色調該用紫色還是綠色好，因為綠色感覺和艾莉絲溫順的治癒氛圍比較搭，所以最後選了綠色。

【Y.A】

紫色會顯得太成熟，所以我覺得綠色不錯。畢竟是負責治癒的角色。她總是以溫柔的眼神守護著威德林。不過這種人生氣起來其實很恐怖。

©Hiro Ito 2015

Kadokawa Light Novels

女騎士小姐，我們去血拼吧！ 1~2 待續

作者：伊藤ヒロ　插畫：霜月えいと

亞當斯基型飛碟入侵麟一郎的學校
為了操場底下的德川幕府寶藏而來!?

突然有個亞當斯基型飛碟飛進了麟一郎他們學校的校園！可疑至極的飛碟中走出一名戴著面具，自稱Space女騎士的外星人。據她的說法，學校操場裡似乎埋著德川幕府的寶藏！於是，聚集於平家鎮的各方勢力展開了挖寶大作戰，結果居然是……

各 **NT$180/HK$55**

台灣角川

Kadokawa Light Novels

打工吧！魔王大人 1~13、0 待續

作者：和ヶ原聡司　插畫：029

惡魔和人類有辦法在一起嗎？
愛上惡魔的梨香和千穗該何去何從！

天使和勇者的母女關係險惡讓魔王感到厭煩不已。對萊拉懷抱不信任感的魔王，提議萊拉公開自己的居所。惠美卻對母親的邀約一口回絕!?千穗在看見魔王為了惠美行動後陷入沮喪，此時她意外收到梨香的簡訊，惠美的朋友梨香為何約她不約惠美？

各 NT$200~240/HK$55~75

Kadokawa Light Novels

發條精靈戰記 天鏡的極北之星 1~6 待續

作者：宇野朴人　插畫：竜徹

日本公布本作將動畫化！
帝國軍事政變將使騎士團彼此兵戎相見？

伊格塞姆派及雷米翁派在卡托瓦納帝國內爆發軍事政變。伊格塞姆家的雅特麗脫離騎士團回到父親身邊，雷米翁家的托爾威決心對抗父親。而伊庫塔率領父親巴達．桑克雷留下的獨立部隊「旭日團」挺身而出，意圖平息內戰。他們的未來將會……？

各 **NT$200~240/HK$60~75**

台灣角川

Kadokawa Light Novels

絕對雙刃 1~8 待續

作者：柊★たくみ　插畫：淺葉ゆう

過去死在透流眼前的妹妹為何復活？
這一切竟和遠在歐洲的美麗公主有關！

在環繞「禍稟檎」發生的事件中，九重透流遇見了長相與已故妹妹音羽一模一樣，名字也叫音羽的少女。透流把她當作死去的妹妹，難以抑制想保護她的強烈願望，開始努力朝「位階Ｖ」昇華。在不久後展開的宿營中，少女再次出現透流眼前……？

台灣角川

各 NT$180~200/HK$50~60

國家圖書館出版品預行編目資料

八男?別鬧了! / Y.A作 ; 李文軒譯. -- 初版. -- 臺北市 : 臺灣角川, 2015.05-

冊 ; 公分

譯自 : 八男って、それはないでしょう!

ISBN 978-986-366-508-3(第1冊 : 平裝). --

ISBN 978-986-366-758-2(第2冊 : 平裝). --

ISBN 978-986-366-759-9(第3冊 : 平裝)

861.57 104005309

Kadokawa
Fantastic
Novels

八男？別鬧了！ 3

（原著名：八男って、それはないでしょう！3）

2016年4月15日 初版第1刷發行
2016年8月19日 初版第2刷發行

作　者：Y・A
插　畫：藤ちょこ
譯　者：李文軒

發行人：加藤寬之
總編輯：蔡佩芬
主　編：吳欣怡
文字編輯：黎夢萍
資深設計指導：黃珮君
美術設計：邱靖婷
印　務：李明修（主任）、張加恩、黎宇凡、潘尚琪

發行所：台灣角川股份有限公司
地　址：105台北市光復北路11巷44號5樓
電　話：（02）2747-2433
傳　真：（02）2747-2558
網　址：http://www.kadokawa.com.tw
劃撥帳戶：台灣角川股份有限公司
劃撥帳號：19487412
法律顧問：寰瀛法律事務所
製　版：巨茂科技印刷有限公司
ＩＳＢＮ：978-986-366-759-9
香港代理：香港角川有限公司
地　址：香港新界葵涌興芳路223號
新都會廣場第2座17樓 1701-02A室
電　話：（852）3653-2888